「もー。最近のお兄ちゃんどうしたの？」

リズ
クラウスの義妹。兄の両親に代わり、お調子者のクラウスを支える。料理上手。
「いいスキルが覚えたらお兄ちゃんを養ってあげる！」
「は、はは…………。す、すげぇぞ【自動機能《オートモード》】はッ！」
クラウス
冒険者。15歳でユニークスキル【自動機能《オートモード》】を手に入れる。当初はダメスキルとしてバカにされるが、徐々にその真価を発揮していく。重度のシスコン。

「く、クラウスさん？ ど、どうしたんですかこれ!?」

ティエラ
ダークエルフの少女。

ダンジョンで危機に陥っていたところを、クラウスに救われる。

正体不明。

「ばか！ 何で逃げなかったの!?」

「――なるほど。あなたも冒険者としての大成を夢見ているのね？」

テリーヌ
クラウスが所属するギルドの受付嬢。

ステキな笑顔でクラウスの癒やし。

サラザール
ギルドマスター。突如、目覚ましい成果を遂げるクラウスに興味を抱く。

「自動戦闘、発動ッツ」

ＬＡ軍
Illust.
潮一葉

ダメスキル自動機能《オートモード》が覚醒しました

～あれ、ギルドのスカウトの皆さん、俺を「いらない」って言ってませんでした？

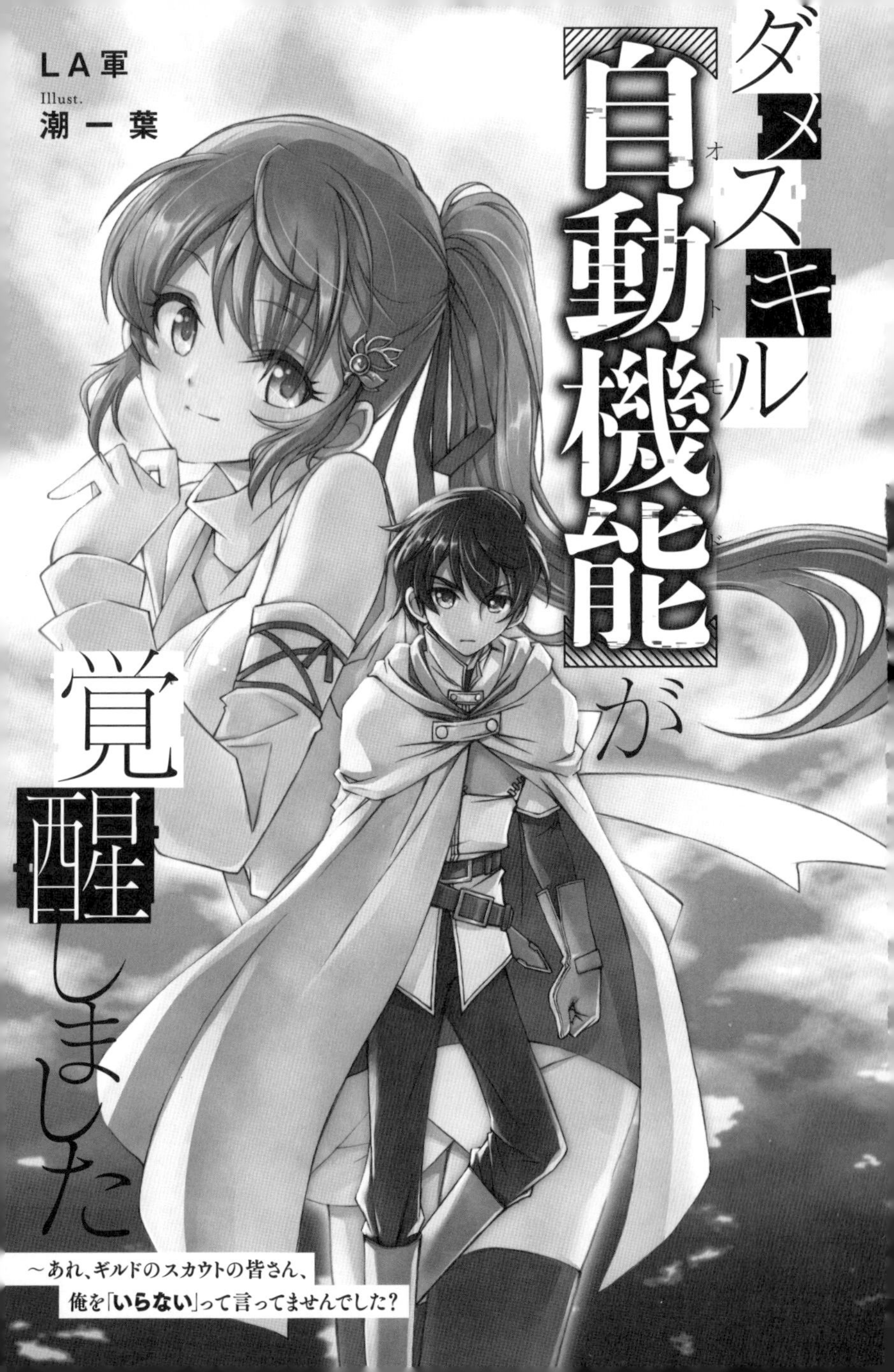

CONTENTS

DAME SKILL [AUTO MODE] GA
KAKUSEI SHIMASHITA

イラスト：潮一葉　　デザイン：百足屋ユウコ＋モンマ蚕（ムシカゴグラフィクス）

第1章「ダメスキル扱いの【自動機能《オートモード》】」

街からほど近い狩場――。

『霧の森』の入口付近で、ひとりの冒険者が剣を振るっていた。

「げぎゃあぁああ！」

「こるるっるる‼」

雄たけびをあげて襲い掛かるゴブリンとコボルト。

それをフットワークを生かして躱《かわ》し、
スパンッ――‼

一瞬で懐に飛び込み、大ぶりな一撃で2体をまとめて切り伏せる。

「ふぅ……」

「ぎぃ、ぎぃい⁈」

「こわっぁああ！」

すでに10体以上の死体が転がる凄惨な現場で、さすがにゴブリンたちも不利を悟ったらしい。

20体を超える数で襲い掛かってきたはずが、あっという間に残すところ5体になる。

「もう来ないのか？　なら、」

ダンッ！

「――こっちから行くぞ！」

「ぎゃぁ⁉」

「こいつっ⁉」

勝ち目がないと思ったのか、ゴブリンが手下として飼っているコボルトの背を押しこちらに突き出すと、自分だけはスタコラと逃走を始めた。

「逃がすものかッ！」

一気に肉薄する冒険者――クラウスは、剣の切っ先をコボルトに突き出すと、一撃で仕留める。

そのまま返す刀で残るコボルトを撫《な》で切ると、奴《やつ》らの得物である粗末な槍《やり》を手にして、逃走するゴブリン目掛けて投擲《とうてき》した。

「ぎゃあああ！」

狙いたがわず命中した槍がゴブリンを地面に縫い留《と》める。

下級冒険者とも思えないほどの腕前だが、腐っても冒険者をして3年にもなる。腕前だって上がるというもの。

「仲間を見捨てた時点でお前の負けだよ」

ザンッ‼

槍に貫かれジタバタと暴れるゴブリンの首を落とし、討伐証明の耳を回収した。

その足で、殲滅《せんめつ》した現場を回り討伐証明を回収していく。

「よしよし、今日の稼ぎは十分だぞ」

～ドロップ品（討伐証明）～
ゴブリンリーダーの耳×1
ゴブリンの耳×5
コボルトの牙×15

～ドロップ品（装備品）～
粗末な短剣×1
粗末な棍棒《こんぼう》×3
粗末な短槍《たんそう》×12

～ドロップ品（魔石）～
魔石（小）×3
赤の魔石（小）×1

「お、これは珍しいな――色付きか」

ゴブリンリーダーを解体していると、その核から淡い赤色の小さな小石が出てきた。

「1個でも取れれば御の字だからなー。この魔石は高く売れそうだ」

魔石はモンスターがダンジョンやフィールドの魔素を溜《た》め込《こ》むと、稀《まれ》に体内に形成することがあるという。

原理は不明だが、これを砕くと魔素が放出され経験値が獲得できるうえ、一定量を人間が体内に取り込むとレベルアップするのだ。

また、魔法アイテム製造にも使われるため、高値で取引される。

特に色付きなら価値は倍以上にも膨れ上がる。

「色なしはいつも通り、っと」

パキッ!!

軽い音を立ててショートソードの柄尻で魔石を砕くと、淡い光とともに魔素が体内に取り込まれていく。

その瞬間――――。

ブゥン……!

空気の震えるような音とともに、ステータス画面が中空に現れる。

「あ……」

※　※　※

クラウス・ノルドールのレベル《レベル》が上昇《アップ》しました

※　※　※

「久しぶりのレベルアップ!!　よかったー……もう頭打ちかと思った」

3年以上冒険者を続けてきて、下級冒険者御用達《ごようたし》のダンジョンやフィールドばかり回っているクラウスは久しぶりのレベルアップに喜びよりも安堵《あんど》を覚えていた。

「さて……上昇値は──」

──ステータスオープン!

ブゥン……!

※　※　※

レベル：11（UP!）
名　前：クラウス・ノルドール
スキル：【自動機能《オートモード》】Lv2
Lv1⇓自動帰還
Lv2⇓自動移動
Lv3⇓?・?・?・?

●クラウスの能力値
体　力：　135（UP！）
筋　力：　76（UP！）
防御力：　54（UP！）
魔　力：　36（UP！）
敏《びん》　捷《しょう》：　71（UP！）
抵抗力：　22（UP！）
残ステータスポイント「＋19」（UP！）
スロット1：剣技Lv2（UP！）
スロット2：気配探知Lv1
スロット3：下級魔法Lv1
スロット4：自動帰還
スロット5：自動移動
スロット6：なし
スロット7：なし
●称号「なし」

※　※　※

スキル【自動機能《オートモード》】
能力：ＳＰを使用することで、自動的に行動する。
Lv１自動帰還は、ダンジョン、フィールドから必ず自動的に帰還できる。
Lv２自動移動は、ダンジョン、フィールド、街などの一度行った場所まで必ず自動的に移動できる。

※　※　※

（……よかった。ようやくレベル10の壁を突破できた）

身体ステータスも少し上昇し、狩りがやりやすくなるだろう。

それに、レアやユニークスキルとは違い、誰でも習得できるスキルの一種であるコモンスキルである剣技がアップしているのが地味にうれしい。

なんとなく手にしたショートソードが馴染《なじ》むような感触がある。

「だけど……」

——やっぱり低い……。

３年間も冒険者をやってきて、ようやくLv11で、ステータスもなんとか３桁になるものが出てきた程度。

「これじゃあ、同期の連中にもどんどん追い抜かれるわけだよ――」

冒険者を始めて3年であれば、順調に行くものならとっくにレベルが50を超えていてもおかしくはない。

才能があるものならもっと先まで進んでいるはずだ。

「まぁ、他人と比べてもしょうがないよな」

英雄と呼ばれるような上級の冒険者は若くして、有用なスキルを手にし魔王との戦いの最前線で活躍するものもいるというが、そんな化け物みたいな連中と肩を並べようとすること自体そもそもおかしな話だ。

「だけど、そろそろ下級冒険者の狩場からは実入りが少なくなってきたし――」

レベルが上がるにつれて、雑魚の魔物を倒してもらえる経験値が少なくなる。

最近ではクラウスも、いくらコボルトやゴブリンを倒してもレベルが上がることはなく、魔石を砕いて何とか経験値を得ている状態だ。

「もっと奥に行けば多少は魔物のレベルも上がって経験値ももらえるんだけどなー……。あるいはフィールドボスを仕留めるのも一つの手だけど」

剣を手に、『霧の森』の入口とフィールドの奥を交互に見つめるクラウス。

ゴブリンとコボルトをあっさり倒す実力があるなら森の奥へ進めばいいのにと思うかもしれない。

だが、事はそう簡単な話ではない。

フィールドやダンジョンにはボスがいて、そいつを倒すことで一定期間フィールド内は無力化される。

魔物が湧きだすこともなくなり、正常な森に戻るというが、それはつまり狩場の消滅を意味する。

腕っぷしが下級冒険者程度のクラウスでは、『霧の森』が一番稼げる狩場なのだ。

もしここがしばらく使えなくなると、効率の悪い狩場まで遠征しなければならない。

「だけど……」

チラリとステータス画面を確認すると、残ステータスポイントが＋19と表示されている。

このポイントがあと「＋1」入手できると、スキル【自動機能《オートモード》】のランクアップが可能なのだ。

「んー……。ちょうど色付き魔石を手に入れたからな。いまのところ稼ぎは十分だし――

よし！　ボスを倒すか」

クラウスは懐具合を確認しながら、せっかくのレベルアップの機会を逃すことなくボスを仕留めるべく『霧の森』の奥へと向かう。

家で待つ義理の妹に、ピーピーと文句を言われそうだが、しばらく切り詰めれば色付き魔石の稼ぎだけで十分食いつなげるはずだ。

メニューが貧弱になっても、レベルアップはできるときにしておきたい。

ボスを倒せばもれなく「魔石」が手に入ることは冒険者なら周知の事実だ。

さぁ、今日の俺は一味違うぞ。

クラウスは意気揚々と『霧の森』の奥に棲息《せいそく》するボス、ゴブリンの上位種「ホブゴブリン」を倒しに向かうのだった。

霧を破って奥に行くにつれ、ゴブリンの体臭がきつくなり始めた。

連中の攻撃も激しさを増し、強化された武器を持った中級種も交ざり始める。

「たぁ！」

しかし、危なげなくその攻撃を凌《しの》いでいくとクラウスはようやく奥に到達した。

コモンスキルの剣技がLv２になったことで以前に挑戦した時以上の速度で攻略できているので、危機感はそれほどない。

「さぁ、さっさと仕留めて帰るぞ」

『霧の森』のホブゴブリンは食い散らかした白骨死体の山の上に鎮座していた。

剣をぶら下げてやってきたクラウスをチラリと薄目を開けて確認すると、ノッソリと起きだし、巨大な棍棒を構える。

奴の棍棒の一撃は強力で、軽装の冒険者なら即死する攻撃を繰り出してくる。

だが、言ってみればその棍棒の一撃だけが脅威なのであって、その対処さえしっかりとできればそれほど強い魔物でもない。

クラウスも冒険者歴が長いので、何度かパーティを組んで挑戦したこともある。

だから、戦うのは初めてではなかったので恐怖を感じることはなかった。

そして、本日は剣技が上昇したこともあり、易々《やすやす》と戦うことができた。

「――これで……終わりだぁああ！」

戦闘開始から数分。

すでに切り傷だらけで動きの鈍くなったホブゴブリンが最後の攻撃とばかりに渾身《こんしん》の一撃を放ってきたが、それを最低限の動きで躱したクラウスは、カウンターとして突きを繰り出し、ホブゴブリンの心臓を貫いた。

そうして、無傷でボス戦を終えると、予想通りに少し大きめの「魔石」を入手した。


～ドロップ品（討伐証明）～

ホブゴブリンの耳×１

～ドロップ品（装備品）～

粗削りな棍棒×１

～ドロップ品（魔石）～

魔石（やや小）×１

ありがたい……。

ホブゴブリンをソロで倒した経験値と、大きめの魔石を砕いて得た経験値のおかげで、クラウスは本日2度目のレベルアップを果たす。

「すごい……力がみなぎってくる！」

――ステータスオープン！

ブゥン……！

※　※　※

レベル：12（UP！）
名　前：クラウス・ノルドール
スキル：【自動機能《オートモード》】Lv2
Lv1⇓自動帰還
Lv2⇓自動移動
Lv3⇓？？？
●クラウスの能力値
体　力：142（UP！）
筋　力：81（UP！）
防御力：57（UP！）
魔　力：38（UP！）

敏　捷：　80（UP！）
抵抗力：　23（UP！）
残ステータスポイント「＋22」（UP！）
スロット1：剣技Lv2
スロット2：気配探知Lv1
スロット3：下級魔法Lv1
スロット4：自動帰還
スロット5：自動移動
スロット6：なし
スロット7：なし
●　称号「なし」

※　※　※

スキル【自動機能《オートモード》】
能力：SPを使用することで、自動的に行動する。
Lv1自動帰還は、ダンジョン、フィールドから必ず自動的に帰還できる。
Lv2自動移動は、ダンジョン、フィールド、街などの一度行った場所まで必ず自動的に移動できる。

※　※　※

よし!!

「よし！　よし！　よぉぉおおし!!」

クラウスは正常化されていく『霧の森』の奥地で一人ガッツポーズを決めている。

3年かかってようやくスキル【自動機能《オートモード》】のLv3へのランクアップが可能になったのだ。

最初に【自動機能《オートモード》】をランクアップしたのが遠い昔のようだ。

その時は、ユニークスキル【自動機能《オートモード》】への期待感で一杯だったものだ。

教会でスキル診断を受けたときの周囲の動揺を思い出す。

「あの時は随分もて囃《はや》されたっけ……」

ありふれたスキルのあふれる中で、一人教会の中で異彩を放っていたクラウス。

ユニークスキルが発現すること自体珍しいため、領主を含め、教会のスキル授与に訪れていたものから次々に祝福の言葉を貰《もら》った。

大都市の冒険者ギルドや王都の騎士団からもスカウトが来ていたりして、期待感から様々な誘いの言葉を受けた。

だが、そのユニークスキルの実態は微妙なものだったと言わざるを得ない……。

ユニークスキルは必ずしも有用なものばかりとは言い難《がた》く、【自動機能《オートモード》】も使用してみてのガッカリ感から、早々に外れスキルのレッテルを貼られてしまった。

あの時のスカウトや領主の顔といったら…………。

「くそッ」

思い出したくもない過去だ。

嘲笑とともに後ろ指をさされる日々。

ありふれたスキルしか発現しなかったものの、冒険者や商人、職人として次々に成功を収めていった同期が思い出される。

だから連中に証明してやりたかったのだ。

……ユニークスキルを貰ったことは無駄じゃなかったって――。

そのために、冒険者稼業を選んだ。

近しいものや義理の妹は、口々に街で働くことを勧めてきたがクラウスは頑として跳《は》ね除《の》けた。

確かに、使い方によっては【自動機能《オートモード》】は街で働く上でそこそこ使えたかもしれない。

安寧を得ることができたかもしれない――……。

だけど！

「俺が、一番ユニークスキルを使えるんだ……」

クラウスは万感の思いを込めて残ステータスポイント「＋22」のうち「20ポイント」をランクアップにつぎ込む。

自動帰還……。

自動移動…………。

それぞれ、ただ家に帰れて、ただ一度行った目的地に行けるだけ。

それも自動で移動するとはいえ、瞬間移動できるわけでもなく、使用した瞬間意識が飛び、気が付けば目的を遂げているというだけだ。

もちろん時間も経過している。

本当に自動で、移動ができるだけのスキルなのだ。

「それでも――――……！」

貴重なスキルポイントをコモンスキルやステータスにつぎ込んだ方が冒険者としては正しいのかもしれない。

剣技を上昇させたり、筋力や敏捷を鍛えて冒険者に特化してもいいだろう。

新たなコモンスキルを取るという手もある。

あるけど――――……。

ブゥン……。

すぅう。

――ステータスオープン！

（……ステータスポイントの使用！　【自動機能《オートモード》】のランクアップ‼）

※　※　※

レベル：12
名　前：クラウス・ノルドール
スキル：【自動機能《オートモード》】Lv3（UP！）
Lv1⇓自動帰還
Lv2⇓自動移動
Lv3⇓自動資源採取（NEW！）
Lv4⇓？？？？

●　クラウスの能力値
体　力：　142
筋　力：　81
防御力：　57
魔　力：　38
敏　捷：　80
抵抗力：　23
残ステータスポイント「＋2」（DOWN！）

※　※　※

「じ、自動資源採取……⁉」

新たなスキルの発現に戸惑うクラウス。

おそらく、新しい自動機能《オートモード》だとは思っていたが、これは予想外だった。

しかし、それはクラウスの予想を悪い意味で裏切るものだった。

「——……ま、まさか、自動で資源を採取するだけ？」

冒険者の仕事には、魔物退治や護衛の他にも薬草採取などの仕事がある。

クラウスも戦えるようになるまでは採取クエストばかりしていたものだ。今だって、『霧の森』に自生する薬草をついでに採取するため、採取クエストを重複で受けているほどだ。

だけど、

※　※　※

スキル【自動機能《オートモード》】
能力：ＳＰを使用することで、自動的に行動する。
Lv１自動帰還は、ダンジョン、フィールドから必ず自動的に帰還できる。
Lv２自動移動は、ダンジョン、フィールド、街などの一度行った場所まで必ず自動的に移動できる。

Lv３自動資源採取は、一度手にした資源を、必ず自動的に採取できる。

※　※　※

「こ、これだけかよ……？」

ガクリと膝をついて項垂《うなだ》れるクラウス。

せっかく長年ためにためたスキルポイントを使用したというのに、得られたスキルはクラウスが欲するものではなかった。

もっと、劇的な変化が訪れるかもしれないとひそかに期待していただけにその落胆は大きい。

「ふ……」

ふふふふ………。

「あはははは………………！」

そうだよな……。

──世の中そんなに甘くないよな。

「期待するだけ、損をするってか────古人はうまいこと言うよな」

自動で傷が回復するとか、

自動で経験値を得るとか……。

都合のいい期待ばかりしていた自分が馬鹿のようだった。

「……はぁ、大人しく薬草でも採取してろってことかな」

自動でできる分、地味な薬草採取などの単純作業にはある意味役立つかもしれない。

もっとも、時間がかかるのは同じなので、意識が飛んで自動で採取している分、人生が早く過ぎていくような気がしてあまり積極的に使いたいとは思えない。

結局、これまでの自動スキルと同様に、ほとんど使うこともないだろう。

「あーぁ……」

ガックリと肩を落としたクラウスは荷物をまとめて起き上がる。

周囲はすっかり正常化されていて魔物の気配は一切なかった。

いつもなら帰りがけの魔物のドロップを期待して自動スキルは使うことはないのだが、今日は別だ。

採取する薬草もフィールドが正常化してしまえば期待できないし、魔物もいない。それに落胆が激しくて一刻も早く家に帰りたかった。

「……Lv3までに約2年。次はスキルポイントが『+30〜40』は必要になるだろうな」

それまでに何年かかることやら。

しかも、他のスキルに浮気せず、【自動機能《オートモード》】一本に絞った場合の話である。

その間、コモンスキルの新規取得もできずランクアップもできない。ならば、コモンスキルは「ピコーン！」と閃《ひらめ》いて自動で入手するか、修業で手に入れるしかないのだ。

仕方ない……。

それが自分の選んだ道だ――――。

レベルアップをして、【自動機能《オートモード》】をランクアップする。

そのために、レベルアップの見込める冒険者の道を選んだのだ。

今さら後戻りはできない。

後悔もしない……。

「よし!! ――頑張ろうッッ!!」

ホブゴブリンの装備を荷物に突っ込み、これまでに採取したものをこぼさないように背嚢《はいのう》の口を縛ると、力強く担ぎなおした。

そして、クラウスはステータス画面を呼び出し、ユニークスキル【自動機能《オートモード》】を発動する。

――スキル『自動帰還』!

ブゥン……。

※　※

《帰還先：クラウスの家》
⇓帰還にかかる時間「00：35：15」

※　※

「――発動ッ」

滅多に使うことのないスキルだったが、この日のクラウスはためらうことなく自動スキルを使用。

あっという間に帰宅する。

だが、クラウスはまだ気付いていなかった。

Lv３になった【自動機能《オートモード》】の本当の価値を……!!

「自動」で必ず目的を達成するその自動機能《オートモード》の本当の価値とは――――。

そして、それを使うことがどれほどの効果を生み出すのかッ。

だが、その効果を実感できるのはもう少し……ほんのもう少しだけ時を待たねばならない
…………。

※　本日の成果　※

～ドロップ品（討伐証明）～
ゴブリンリーダーの耳×１
ゴブリンの耳×５

コボルトの牙×15
ホブゴブリンの耳×1

～ドロップ品（装備品）～
粗末な短剣×1
粗末な棍棒×3
粗末な短槍×12
粗削りな棍棒×1

～ドロップ品（魔石）～
魔石（小）×3
赤の魔石（小）×1
魔石（やや小）×1

※　以　上　※

フッと、意識が飛び――――気付いたときには家の前に立っていた。
足に感じる疲労感から、自動で帰還したのだと知ることができた。

「はぁ、何度やっても慣れないな……」

自動帰還を使用しての帰宅。

陽《ひ》も傾いているし、うっすらと汗をかいているから意識がない間もスタスタと歩いていたことになる。

しかし、自動で移動するだけあってすべての無駄を排し、効率的に行動しているのだろう。

普段なら1時間はかかる道のりを半分ほどの時間で帰宅したのだ。それだけに自動機能《オートモード》も捨てたものではない。

「とはいえ、自動の間意識がないのが怖いよなー」

「何が怖いの？」

うわ!!

「もー。遅いよ、陽が落ちる寸前だよ？」

プンプンと効果音が出そうなほど、見るからに不機嫌な少女が玄関から顔を出してクラウスを睨《にら》んでいる。

「た、ただいまリズ。ちょっと遠征しててさ」

義理の妹リズに謝りつつ、クラウスは荷物を手に家の中に入る。

「わっ！　汗臭い！　……ご飯の前にお風呂入ってきなよ」

「うん。そうする」

そう言い置くと、クラウスは家の裏手に回って井戸から水をくみ上げる。

大雑把にタライに水を張ると、暖炉の余熱を使ったボイラーから熱湯を少し足してお湯を作った。

「ぶはー！　たまんねぇ」

一度頭の上からお湯を被《かぶ》ると、奇声をあげつつ浅いタライに身体を沈めて身を清める。

「おにいちゃーん！　近所迷惑だからさっさと上がって！」

「はいはい」

一日の終わりに風呂に入って、叫ぶくらいいいじゃねぇか。

――さっと体の水分をふき取り、洗いざらしの部屋着に着替えると、

「もう。頭はしっかり拭いてよー。だらしないんだからー」

リビングの床にぽたぽたと垂れる水滴を指摘しつつ、リズが無理やりクラウスを椅子に押し込める。

「はい！　温めなおしたから――ちゃっちゃと食べて！」

ドンッとスープをテーブルに置き、街でまとめて焼かれる黒パンをちぎってさらに盛り付ける。

「お、おい、頭はいいよ」

「いいからさっさと食べて。片付かないんだから！」

ゴシゴシと頭を妹に拭かれながらモッシャモッシャと飯を食べるクラウス。

世話焼きな義理の妹に辟易《へきえき》しつつも、温かい食事に自然と頬が緩む。

「なによー？　気持ち悪い」

「ははっ。ご挨拶だな――旨《うま》いから感動してるんだよ」

「うぇ、大げさー」

そんな風に返しながらもまんざらでもなさそうなリズ。

時間がたって固くなった黒パンも、リズの作ったベーコン入り白菜シチューに浸して食べれば実に美味《おい》しい。

同じく白菜を薄くちぎったサラダも岩塩が効いていて疲れた体に染みわたる。

「……どうしたの。元気なさそうだけど」

丹念に髪を拭きつつ、少し心配そうなリズの声。

無理に隠していたつもりでもわかるようだ。

「いや……。ちょっとな、」

「冒険者の仕事の話？」

う……。鋭い。

「あ、まぁな――――。ユニークスキルをランクアップしたんだけど、あまり芳しくなくてね」

「ふーん？　いいじゃん、別に今までと変わらないんでしょ？」

あっけらかんと言い放つリズの様子に、クラウスは苦笑する。

少しでも悩んでいた自分が情けなく思えてきた。

「はは。そうだな……いつもと変わらないか」

「そーそー。お兄ちゃんはすぐ他所《よそ》と比べたがるけど、ウチはウチでしょ？」

あぁ、全くその通り。

別に、今日明日に食いっぱぐれるわけでもないし……。

（いつもと同じか……）

リズの言葉がジーンと胸に染み込んでいき、自然と気が楽になるクラウス。

彼女が家のことをしっかりしてくれているから、稼ぎの少ない冒険者稼業でもやっていけている。

クラウスもリズも血の繋《つな》がりはないが、実の兄妹《きょうだい》のように過ごしてきた。

王国の騎士だったというリズの父と、冒険者をしていたクラウスの両親。

父親二人は幼馴染《おさななじみ》で、互いに何かあったら子供の面倒を見るという約束をしていたとかなんとか……。

そして、リズの父親は戦死し、幼い彼女を引き取ることになったのだが、そのうちにクラウスの父親も冒険中に行方不明になってしまった。

それを気に病んだクラウスの母親は精神のバランスを崩し、今は教会の運営する療院にいる……。

おかげでリズには幼いころから苦労をかけっぱなしだ。

時々、二人の父親を罵りたくもなる。

どちらも責任を持てないのに、無責任に子供を預かったりとか、正気の沙汰とは思えない。

「でも、リズがいてくれてよかったかな……」

「なぁに、急に～？」

「いや、なんでもない。……いつもありがとうって、こと」

「ん～⁉」

不思議そうな顔をしたリズだが、不意に何かを思いついたのか顔を暗くする。

「もしかして、冒険者つらくなっちゃった？」

「――は⁉」

リズはしょんぼりと俯《うつむ》き、クラウスの正面に座る。

「ど、どうしたんだ急に？」

「ううん。お兄ちゃんが疲れているように見えて……本当は冒険者がつらいのかなって――おじさんだっていまだに行方知れずだし」

はぁ？

つーか、親父《おやじ》は関係ねぇし――。

「――……私がまだ幼いから、仕事もできずにお金ばっかり消費しているせいだよね。お兄ちゃんに恋人のひとりもできないのはきっとそのせい」

いや⁈

何言ってんのこの子⁈

「いやいや、関係ないから！」

そもそも、冒険者をしているのは別にリズのためというわけではない。

生活費を稼ぐのは当然の話だし、冒険者をしているのはユニークスキルを馬鹿にした連中を見返してやりたいのと、男のロマンがあるからだ。

「つーか、恋人ができないのは関係ない！　さりげなくディスるんじゃありませんよ、この子は！」

デコピンッ！

「いた！　てへへへ。お兄ちゃんがモテないのは、冒険者とか関係なかったよね、めんごめんご」

「こいつぅ……！」

モテないんじゃありません！

誰ともお付き合いしないだけです!!

だよね？

……………違うよね？

「大丈夫だよ――もう少しで私もスキルが発現するし……。いいスキルが貰えたらお兄ちゃんを養ってあげる！」

「は――それって―……」

お嫁さんにするってこと？

……逆じゃね⁇

「てへへ。じゃあね、私もう寝るねー」

チョンと、小鳥がつつくように、小さな唇をクラウスの額に押し付けると、リズは空になった食器を片付け、タタタと寝室に行ってしまった。

「――――っぅぅ！」

一人顔を赤くしたクラウスはジタバタとリビングで悶絶《もんぜつ》していたとかいなかったとか……。

「…………あのマセガキめ」

リズももう15歳。

そろそろスキルが発現する時期になったということか────。


次の日。

朝に弱いリズを起こさないように身支度を整えたクラウスはいつも通りギルドに向かう。

昨日狩った魔物の素材を換金し、討伐証明を提出するためだ。

普段なら、冒険の帰りにギルドによるのだが、昨日は【自動機能《オートモード》】のことで疲れていたのでそのまま直帰してしまったのだ。

生ものである討伐証明が悪くなったら目も当てられない。

「おはようございます」

「あら？　おはよう──昨日、顔を出さないから心配しましたよ」

薄く上品に笑うギルド受付嬢のテリーヌがチクリとクラウスにくぎを刺す。

報告が遅いと暗に言われた気分だ。

「す、すみません。ちょっと帰りが遅くなったので……」

モゴモゴと口の中で謝罪し、クラウスは慌てて討伐証明を差し出す。

「ふふ、怒っているわけじゃないのよ？　ちょっと心配だっただけ────あら！　いつもより多いわね。それにこれは……」

ゴブリンの耳よりも一回り大きい耳。

「あ、はい。『霧の森』のボスです。正常化したので、しばらくは使えません」

「あらあら。じゃあ、情報共有しておかないとね。討伐ご苦労様でした」

フワリとほほ笑むテリーヌ。

その上品かつ美しい笑みに思わず顔を赤くするクラウス。

「それでは、こちら――『魔物の退治』のクエスト完了ですね。同時に納品してくださった『薬草の採取』も完了です。討伐証明部位が多いので、少し色を付けておきますね」

そういって、二つのクエストの成功報酬をお盆にのせて差し出してくれた。

『魔物の討伐』で銀貨20枚+銅貨52枚。

『薬草の採取』で銀貨2枚+銅貨30枚。

魔物の討伐の方が圧倒的に報酬がよいが、『薬草の採取』のクエスト自体は物のついでにこなしたので、これはこれで実入りがいい。

※　ちなみに、銅貨100枚で銀貨1枚
　　　　　　銀貨100枚で金貨1枚
銅貨1枚で大きな黒パンが買える。
ほかにも、クズ銅貨、白金貨などの通貨があるが割愛する。

「わっ！　こんなに?!」

「たくさん頑張りましたからね。はい、どーぞ」

さらに、冒険者認識票を魔道具に通して実績を蓄積してくれた。

「ありがとうございます！」

礼を言って、受付を離れると、その足で素材換金所により、ゴブリンの装備や、色付きの魔石を換金した。

どれも思っていたよりも高く売れた上に素材の量も多かったので、締めて金貨2枚と銀貨88枚にもなった。

「すげぇ！　最高記録かもしれない」

いつもはクエストを数日かけて一つか二つ達成できればいい方だったので、この金額は驚愕《きょうがく》ものだ。

やはり、コモンスキルの『剣技』が上昇したのが大きいのかもしれない。

ホクホク顔で、次の仕事を探すクラウス。

そこでハタと固まってしまった。

ギルドの仕事を募集しているクエストボードと、冒険者の全員に情報を共有するお知らせ板。

お知らせ板の方には、周辺の地図が掲げられており、近隣の狩場情報がのせられている。

そこにはデカデカと、

※　『霧の森』正常化中　※

とある。

「……そりゃそうだ」

昨日自分がボスを倒して正常化したのだから使えないのは当然だ。

ならばどうしようか……。

お知らせ板の地図には冒険者の競合などを避けるため、ダンジョンやフィールドの地名の下に名前の札を入れることができるようになっている。

札が入ったダンジョンは「すでに誰かがアタックしていること」を意味するので、冒険者同士が同じダンジョンに入ってしまうことを防ぐことができるというものだが……。

それを見れば、なるほど――近隣の人気の狩場はびっしりと先客の冒険者の名前で埋め尽くされていた。

数日かけて潜る冒険者もいるので、無人の狩場というのはなかなかないものだ。

そういう意味では、近くですいていた『霧の森』は不人気狩場であったことがよくわかる。

「どうしようかな……」

3年も冒険者をやっているとはいえ、どんどん同期に先を越されたクラウスはいまだ下級冒険者に甘んじていたので、すでにパーティを組んでくれるような同年代の少年少女がいない。

新人冒険者ならレベルがあうのでパーティを組むことが可能だが、クラウスに新人と組むメリットはあまりなく、むしろ負担の方が大きいだろう。

そんな事情もあってここのところ、クラウスはずっとソロで冒険をしていた。……決してボッチなのではない。念のため！

「しょうがない。『霧の森』がフィールド化するまで、別のダンジョンか、フィールドに行くか」

なら、あまり競合のない場所と、そこにあったクエストを選ぼうと、人でごった返すクエストボードの前をウロウロとするクラウス。

そのうちにいくつかのクエストを入手し、ボードから外していた。

そして、選んだ狩場は――――。

圧倒的不人気狩場、『毒の沼地』だった。


ギルドを出たクラウスは、乗合馬車に揺られて狩場に向かっていた。

その途上で、別々に点在する他の狩場に向かう冒険者、その他パーティが次々と降りていき、馬車の密度が一気に下がる。

「ついたぞ、坊主。気を付けてな――」

御者の爺《じい》さんが言葉少なに送り出し、ギルドの乗合馬車が呆気《あっけ》なく去っていくと、クラウスは一人ポツンと街道に残された。

もう少し行けば、目的の狩場につくだろう。

各地にある狩場の近くまで送ってくれる乗合馬車は遠征する際に重宝する。

「さて……」

馬車が遠くに消えるまで見送ると、クラウスはスキルを使用する。

久しぶりに使うが、今日試す『自動資源採取』のウォーミングアップにはうってつけだ。

――スキル『自動移動』！

ブゥン……。

※　※

《移動先を指定してください》
●街
●フィールド・ダンジョン
●その他

※　※

もちろん、フィールドを指定する。

すると、ステータス画面に、ズラズラズラズラーと、これまでに行ったことのあるダンジョンやフィールドが表示されるのだ。

「えっと、……あった、『毒の沼地』」

3年も冒険者をしていれば色々なダンジョンやフィールドにトライしている。

もっとも、下級の狩場限定だけどね。

それでも、それなりに行ったことのある狩場は多く、その数あるダンジョン群のなかから、『毒の沼地』を指定すると、

※　※

《移動先：毒の沼地》
⇓移動にかかる時間「00：03：22」

※　※

「近ッ！　――そりゃそうか」

それだけ、ギルドの乗合馬車が気を使って近くまで送ってくれたということなのだろう。

感謝感謝。

じゃ、さっそく――。

「――発動ッ」

フッと、意識が飛び――――……気付いたときには目的地に立っていた。

「おぉ……あいかわらず、酷《ひど》い臭いだ」

意識の戻ったクラウスの目の前には、うっすらと靄《もや》の立ち込める寂しい沼地。

ここは、街から少し離れたフィールドで、名を『毒の沼地』という。

人気はなく、どこからともなく爬虫類《はちゅうるい》の不気味な鳴き声が聞こえてくる寂しい場所だ。

「あいかわらず、だーれもいないな。まぁ、毒の魔物や、瘴気《しょうき》が酷い場所だし、回復士《ヒーラー》不在のパーティが挑むところじゃないもんな。アンチポイズン《毒消し薬》だって、タダじゃないし」

しかも、毒消しは万能ではない。

一度毒を消しても、時間をおいて毒を食らえばまた「毒症状」に陥るのだ。

つまり、フィールドにいる限り、際限なくアンチポイズンが必要になる。

「ま、だけど、その分スキルの実験には向いているよな」

クラウスがここを選んだ理由はただ一つ。

人がいないからだ。

「――せっかく【自動機能《オートモード》】がランク3に進化して『自動資源採取』を習得したんだし、外れとはわかっていても1回くらい試さないとね」

まずは、スキル使用後のクールタイムを確認。

スキルというものは無制限・無制約に使えるわけではなく、発動直後はしばらくクールタイムが発生する。

体調や、スキルの難易度にもよるが、『自動移動』後のクールタイムはおおよそ1分。

（……そろそろかな？　よし、じゃあ新スキルの実験だ）

体感的に1分くらい経《た》ったろうと感じると、新スキルを試すクラウス。

まぁ、新スキルとはいえ、『自動資源採取』。

その名の通り、せいぜい無意識のうちに資源を集めてくれるスキルだとわかっている。だが、やらないよりは一度くらい試しておいた方がいい。

そのためには無人の場所に限る。

そっと、『毒の沼地』を見渡すと人っ子一人いやしない。

なんで無人の場所を選んだのかって？

……だって、無意識で動くんだぜ？

――白目をむいてセカセカ動き回っている自分を想像すると、さすがに人に見られたくない。って思うだろ?!

もちろん、自動機能《オートモード》中の自分を見たことがないからよくわからないんだけどね！

だけど、嫌なの!!

「っと、そろそろやってみるか」

まず、毒で死んではたまらないのでしっかりとアンチポイズンを準備する。

予防のために1本飲み、残りはポーション入れに格納。

ちょっともったいないけど、今回限りと思って、思い切って奮発したのだ。

昨日の稼ぎが大きかったのもクラウスの行動を後押しした。

「さて……」

――スキル『自動資源採取』！

ブゥン……。

※　※

《採取資源を指定してください》

●草木類
●鉱石類
●生物類
●液体類
●その他

※　※

「へぇ……。こうなってるんだ。ちょっと『自動移動』に似てるな」

つまり、項目分けされていて、それを開くとさらに細部に分かれているのだろう。

「じゃ、このクエストアイテムを取ってきてね——俺」

そっと、懐のクエストの依頼票を確認するクラウス。

『毒消し草の採取』

そう、この毒の沼地ではアンチポイズンを作成するための必須アイテムである毒消し草が取れるのだ。

しかも群生しているのでたくさん……。

「さて、こうやって選べばいいのかな————って、え⁉」

※　※

《採取資源を指定してください》

●草木類

⇓キリモリ草、毒消し草、石化草、マヒ消し草、目薬の木、力の種、マッチョ草、フォートレスフルーツ、魔力草、敏捷ナッツ、アンチマジックの根、マンドラゴラ、ドラゴン草、浮力草、スギナ、弟切草《おとぎりそう》、ｅｔｃ．

⇓杉、松、楢《なら》、樫《かし》、黒檀《こくたん》、檜《ひのき》、胡桃《くるみ》、栂《つが》、梅、竹、雑草、ｅｔｃ．

⇓リンゴ、キウイ、梨、柿、ライム、レモン、ブドウ、大根、リーキ、キャベツ、レタス、アザミ、ニンジン、ブロッコリー、ニンニク、セロリ、芋、大豆、インゲン豆、ひよこ豆、ｅ tc.

「…………………………………は？」

――――え？

な、何これ？

「え、うそ。ま、マジか……？」

クラウスは呆気にとられて目を見開く。

そして、ステータス画面にズラ――――……と、並ぶ草木類の名称を茫然《ぼうぜん》と見て口まで開ける。

だってそうだろ？

草花はスギナから、弟切草まで。

樹木は松の木から黒檀まで。

さらには、見たこともない植物まで、採取可能になっているんだぜ？

「…………ま、マンドラゴラって、マジかよ？」

――マンドラゴラ。

錬金術に欠かせない魔法植物で、採取には多大な犠牲を払うことで有名である。

特殊訓練された犬を使い切る非情な方法でしか採取できないとされていて、非常に高値で取引される。

そもそも、棲息域が不明で、採れるといわれる地域ですら発見は困難であった。

ってていうか……。

「――お、俺、マンドラゴラなんて触ったことも見たこともないぞ⁉」

自動機能《オートモード》の特性として、クラウスの経験に基づいていることがこれまでの使用検証でわかっている。

移動先は、最低でも一回は訪れた場所でなければ行くことはできず、同様に触れたことのあるものしか採取できないはず――。

ならばどうして……？

「あ！　まさか‼」

ある‼

そういえば一度だけある！

冒険者ギルドに登録した時に受けた研修で、危険植物やら、希少植物の授業を受けた覚えがある。

その時にサンプルとして、手に取ったような気がする……。

「ど、どーりで……」

ドラゴン草やら、浮力草なんていう希少植物まで採取可能になっているわけだ。

まぁ、指定しても採取できるとは思えないけど――。

それでも、採取可能資源に入っているとは、それだけでも驚きだ。

……逆に言えば、触るだけでいいということだろうか？

それなら、どんな高価なものでも一度触れてしまえば――……。

「――――いや。今はど、毒消し草だけでいいのよ、毒消し草だけで……」

ひとり、無人のフィールドで首を振るクラウス。

いくら高価な資源でも採取に困難が伴いそうなものはおいそれと指定できない。

だからまずは……。

「検証から、ね」

※　※

《採取資源：毒消し草――――「数量を指定してください」》
⇓採取にかかる時間「?:?:??:?:?」

※　※

「おっふ……1個でいいのよ、1個で」

※　※

《採取資源：毒消し草×1》

⇓採取にかかる時間「00：00：10」

※　※

「…………………は、早ッ!!」

え？

10秒。

え？

「早ッッッ!!」

いくら群生地だからって早すぎない?!

いや、でもまずは試しに……。

「――発動ッ」

フッと、いつもの【自動機能《オートモード》】を使ったとき同様に意識が飛ぶ――――――…………そして、気付いたときには、

「す、すげぇ…………本当に採取できてる」

クラウスの手には新鮮な状態の毒消し草が、握りしめられていた。

しかも、採取状態は最良で……。

「ほ、本物だよな？　っていうか、移動距離僅かに数歩分？　……目視距離にあったものを自動で

探し出して、採取したのか——近くにあったのに全然気付かなかった」

いつの間にかクラウスは数歩分移動しており、毒消し草が小さく群生している場所に立っていた。

……ちょっと待てよ。

もしかして、

「数を多めに指定したらどうなるんだ？」

ドクン、と心臓が跳ねる。

普段なら探すだけでも時間のかかる薬草採取が一瞬にして終わりそうな気配に、静かに興奮する。

「よ、よし、試してみよう」

クールタイムを確認しつつ、目の前に30本の毒消し草があるのを目視して、クラウスはスキルを発動する。

※　※

《採取資源：毒消し草×30》
⇓採取にかかる時間「00：04：10」

※　※

確認！

「30本抜いても、４分弱か……すげぇ効率的だな。よし、30本以上ならどうなる？」

※　※

《採取資源：毒消し草×31》
⇓採取にかかる時間「００：１２：２３」

※　※

「お、近くにある資源の量を超えたら採取時間が跳ね上がった？」

……ということは、

「目の前の資源を採取して、さらに近くにある資源を採取する時間が加算されたっていうことか？

……だとしても、すげぇ効率的だぞ?!」

今回引き受けた『毒消し草の採取』クエストはノルマが10本だ。

そして、それだけで報酬は銀貨10枚。一本あたり銀貨1枚換算である。

――それほどに、『毒の沼地』での採取は危険を伴ううえ、非効率的でもあった。

なにせ、アンチポイズンの値段が一本あたり銀貨３枚と比較的高価なのだから。

銀貨1枚のために、銀貨3枚を費やす馬鹿はいない（もちろん、群生地をうまく発見できれば、その限りではない）。

「やべぇな、自動資源採取――――！　俺、【自動機能《オートモード》】のことを誤解していたかもしれない」

昨日は外れスキル極まれりとすら思ったものだ。

『自動帰還』に、『自動移動』。そして、『自動資源採取』……。

先の二つはともかく、ランクが3に上がってからの自動資源採取は極めて有効であることがわかった。

これで、レベル上げはともかく、採取クエストの効率が格段に跳ね上がるだろう。

『霧の森』で採取できる「キリモリ草」だって、報酬は安いが大量に採取すれば、街との距離が近いだけに大金を稼げるかもしれない。

「は、はは…………。す、すげぇぞ【自動機能《オートモード》】はッ！」

今回はたまたま『毒の沼地』の奥に入ることなく、群生地を見つけることができた。

もっとも、普通は沼地の際に生えていることは稀なので運が良かっただけだろう。

よし、よし、よし!!

「――せっかく来たんだし、乗合馬車の巡回が来るまで採取して採取しまくるぞー！」

クエストのノルマは10本。

それ以上採取した場合は、ノルマ報酬よりは下がるが、買い取ってくれるのだ。

採取しない手はないだろう。

半日に1回狩場を回る馬車が来るまでにまだまだ時間はある。

そうしてクラウスは思う存分「毒消し草」を採取するのだった。

「――よっし！　３００本達成！」

採取時間を確かめながら、クラウスはどんどん毒消し草を集めていった。

数本ずつ採取量を増やしていくことで小まめに群生地を移動し、自動採取後に思わぬ場所へ移動していることを防ぐためだ。

幸いにも、『毒の沼地』に踏み入ることなく、さらにはかなりの量が自生していたので、すでに背嚢の中は毒消し草で一杯だった。


「こりゃ、大量だな！　まだ時間はあるし――行けるとこまで採取してしまおう」


採取の達成感はないものの、スキル使用後に手元にある大量の毒消し草を見るのは実に気分がよかった。

採取量を少しずつ増やすことで、群生地を一網打尽にし、態勢を整えて次の群生地で自動採取する。

一つの群生地にだいたい10～30本ほど生えているので、今までの目視による採取とは効率も段違いだった。

しかも、疲労度も少ない。

信じられないことだが、一度もアンチポイズンを使っていない。

どうも、自動資源採取時のクラウスは、本人の無意識下ですさまじく効率的かつ安全に動いているようだった。

「……いっそ、狩りつくしても毒を受けないように行動できるのかもしれないな」

巡回馬車が近隣を通過するまでにまだ時間もあるし、ここでクラウスはちょっとした欲を出してしまった。

これまでは思わぬ場所に移動してしまわないように小まめな採取に終始していたのだが、それでは一度に10~30本といった数しか採取できない。

それでも、段違いに効率的なのだが、これは検証も含めているということを思い出し、つい冒険に出てしまう。

「…………ちょっと、数を増やしてみようかな?」

そう考えたクラウスは30本程度に抑えていた採取本数を大幅に増やしてみた。

ブゥン……。

※　※

《採取資源：毒消し草×99》
⇓採取にかかる時間「００：３０：３９」

※　※

「お————……99本採取しても30分ほどか、それくらいならたいした移動距離にならないだろうな」

自動資源採取で少し怖いのが、自動採取の終わった場所で意識が元に戻ることだろうか。

スキル使用後に小移動して正気に戻るのはちょっとしたスリルがある。

気付けば、とんでもない場所へ連れて行かれる危険もあったりで……。

「ま、今のところ安全だし————よし！」

スキル発動！

フッと、これまで『自動資源採取』を使ったとき同様に意識が飛ぶ————……そして、気付いたときには、ズシリとした重みを両手に感じる。

「やった!!　——大量だぜ！」

持ちきれない量の「毒消し草」が両の手にあり、さらに溢《あふ》れた「毒消し草」が、足元に積まれていた。

（なるほど。持ちきれない分は近くに置かれている、と————あれ？）

ふと、正気になり周囲を見回したクラウスはサーっと血の気が退く。

「ま、マズイ……！」

ふと見まわした周囲は最後に採取した位置から随分と離れており、よりにもよって……。

「ぬ、沼地のど真ん中?!」

途端に、プシュー！　と濁った水が瘴気を噴き出し、肺を汚染する。

ぐ……。

「し、しまった！」

胸が焼けつくような激痛に、毒に侵されたことを理解する。

あらかじめ飲んだアンチポイズンの予防効果はとっくに切れている。

「――か、は……ポーション入れ……」

しびれる腕を懸命に動かし、腰のポーション入れからアンチポイズンを取り出すと、口を切って飲み干す。

舌までしびれだしていたので飲み下すのに苦労したが、即効性のアンチポイズンが効き始め、濁り始めた視界も回復した。

「は、っは……はー………死ぬかと思った」

口の中に溜まった苦い水分を吐き出し、袖で拭う。

キツイ思いをしたが教訓も得た。

「……よ、欲張っちゃだめだな――」

ふぅ、危ない危ない。

それでも、採取した毒消し草はちゃんと背嚢に収め、沼地から脱出しようとする。

だが、事はそう簡単には運ばなかった。

これまで調子に乗って採取してきたツケが来たのだろうか?

「ち……! そりゃ、フィールドだもんな」

ゲロゲロ、ゲロゲーロ!!

「――モンスターくらいいるよな!!」

ゲコゲコと喉を鳴らしながら沼を泳いでやってきたのは、毒々しい青色をしたポイズンフロッガ――……沼地の毒大ガエルだった。

時に冒険者を丸のみにするとも言われる巨大カエルが2匹、クラウスに気付いてスイスイとやってくる。

こいつらの動きはさほど速くはないが、舌だけは超高速で動くので危険だ。

そして何より――――。

ゲロォ!

「ち! 飛び道具は厄介だな!」

ビュビュ! と吐きかけられる黄色の液体!

そいつが地面に降りかかるとシュウシュウと音を立てて植物を溶かす。

「――毒入りの強酸弾……食らったら大やけどするぞ!」

言うが早いかクラウスはショートソードを引き抜き、一気に肉薄する。

足場は悪いが、ポイズンフロッガーもクラウスを食べようと接近してきたため一挙動の距離だ！

「てぃ!!」

沼地に落ちるのを覚悟しながら、クラウスは1匹目に剣を叩《たた》きつける。

「ゲコォォオオ?!」

ズバァ……！　と奴の大腹を切り裂き、絶命させる。

その瞬間には生臭い体液が溢れて剣と皮鎧《よろい》に掛かる。

「く……！」

僅かに肌を刺激するくらいには掛かってしまったようだ。

強酸弾を生み出す体液も十分に危険なのだ。

ゲコゲコォォ！

相方を殺された残る1匹が怒り狂ってとびかかってくる。

それを好機と見たクラウスは体液でドロドロになるのも厭《いと》わず、剣を突き上げる。

向こうから飛び込んでくるのだ、好都合というもの――……。

「な?!　剣が――……」

突き立てようとしたときに妙な感触を覚えて目を向ければ、愛用のショートソードが半ばからぽきりと折れてしまった。

どうやら、さっきポイズンフロッガーを切り裂いたときに、酸でやられて脆《もろ》くなっていたらしい。

「くそ……このぉぉぉおお！」

それでも折れ残った剣で、ポイズンフロッガーに果敢に立ち向かうクラウス。

幸いにもポイズンフロッガーは特殊攻撃が厄介だが、個体としてはそこまで強い魔物ではない。

そして、懐に入ってしまえば下級冒険者でも十分に立ち向かえるほどだ。

ズブズブと奴の内臓を掻《か》きまわす感触を感じながら強烈な悪臭とも戦うクラウス。

ついに、

「ゲゴォ……」

くたぁ、と力なくポイズンフロッガーが沼に浮かび、クラウスは何とか勝利した。

「あーあ……。大事に使ってた剣なのに」

ポイズンフロッガーの酸性の体液でさらに溶けていくショートソード。

もう二度と使い物にならないだろう。

「くそ！　二度と来るか、こんなとこ……！」

全身が泥まみれになったクラウスは悪態をついて、ポイズンフロッガーに喧嘩《けんか》キックをくれてやった。

だが幸運にも、ポイズンフロッガーの２匹ともが魔石を持っており、多少の経験値を得ることができたのは大きい。

※　※　※

クラウス・ノルドールのレベルが上昇しました《レベルアップ》

※　※　※

初めて倒した魔物ということもあり、魔石とモンスターからの経験値で、なんと2日連続のレベルアップだ。

やはり、冒険者たるもの——冒険をしないと成長できないのかもしれない。

「お、おい！　何でそんなにドロドロなんだ?!　そ、そのままじゃ乗せねーぞ！」

「す、すみません……」

だが、かわりに迎えに来た乗合馬車の御者に、凄《すご》い臭いだなと嫌な顔をされ、一緒に乗り込んだ冒険者からは、総すかんを食らってしまった。

とほほ……。

※　本日の成果　※

～ドロップ品（討伐証明）～

ポイズンフロッガーの舌×２

～ドロップ品（素材）～

ポイズンフロッガーの毒腺×２

～ドロップ品（魔石）～

魔石（小）×２⇓使用済み

～採取品（草木類）～

毒消し草×５４５（自動採取）

アーロエ×３

キリモリ草×４

※　※　※

レベル：13

名　前：クラウス・ノルドール

スキル：【自動機能《オートモード》】Lv３

Lv1⇩自動帰還
Lv2⇩自動移動
Lv3⇩自動資源採取
Lv4⇩？？？？

●クラウスの能力値
体力：150（UP！）
筋力：87（UP！）
防御力：63（UP！）
魔力：40（UP！）
敏捷：89（UP！）
抵抗力：24（UP！）
残ステータスポイント「＋5」（UP！）
スロット1：剣技Lv2
スロット2：気配探知Lv2（UP！）
スロット3：下級魔法Lv1
スロット4：自動帰還
スロット5：自動移動
スロット6：自動資源採取

スロット７：なし

●　称号「なし」

○臨時称号「悪臭漂う者」

⇓体を洗うまで、周囲の人の好感度を自動的に下げる。

※　※　※

「く、クラウスさん？　ど、どうしたんですかこれ⁉」

家で体を洗った後、大量のドロップ品を抱えてギルドにやってきたクラウス。

そして、背嚢《はいのう》一杯の「毒消し草」と、入りきらなかった分を草束にして担いで入るとギルド中が騒然とする。

「あ、あはは。たまたま群生地を見つけちゃって――取れるだけ取ってきました」

「そ、それにしたってすごい量ですね……わかりました。換金するので少しお待ちください」

テリーヌさんは大慌てで奥に駆け込んで増員のギルド職員を呼び集めてきた。

一人で鑑定できないので急遽《きゅうきょ》の増員だ。

テンヤワンヤのギルドの受付に申し訳なく思いつつも、クラウスはしばらくかかるので後ほど顔を出してくれと言われて一度ギルド受付をあとにする。

「さ、さすがに持ち込みすぎたかな？」

しかし、毒消し草単体で持っていても枯れるか腐らせるかだけなので、きちんと処理できるギルドに早めに持ち込んだ方がいいのは間違いない。

問題は量だ。

「後で絶対詳しく聞かれるよな……」

クラウスは【自動機能《オートモード》】のことを話していいのか悩んだ。

しかし、まだまだ発展途上のユニークスキル。この有用性に気付いた連中にいいように使われるのは目に見えている。

少なくとも、効率的に薬草が採取できると知られれば、クラウスは薬草採取係として安価でこき使われかねない……。

「――今のところはまだ秘密にしておこう」

それよりも今は【自動機能《オートモード》】を鍛えておくべきだろう。

自動資源採取でこれほどの効率を生み出すユニークスキルだ。さらにランクアップを図ればどれほどの価値を生み出すことやら。

「お待たせしましたクラウスさん！　はぁはぁ……。これ、報酬です」

手持ち無沙汰でクエストボードを眺めていたクラウスにテリーヌが声をかける。

すさまじい速さで鑑定を終えてきたらしいテリーヌさんは額に汗しながら、いい笑顔でクラウスに報酬を渡してきた。

それはずっしりと重い。

「な⁈　す、凄《すご》い額じゃないですか⁈」

「はい！　〆《しめ》て金貨３枚と、銀貨60枚になります――状態が良かったので、色をつけさせてもらいました」

ました――ニコッ！　じゃねぇよ！　金額とか人がいるとこで言わないでよ‼

「ひえ、あ、ありがとうございます」

金貨という単位に目を光らせた冒険者連中に背を伸ばすクラウス。

下級冒険者が毎日立て続けに稼ぐ額ではない。

「あ、あら、ごめんなさい！」

有能なはずなのにどこか抜けているテリーヌさんが深々と謝罪する。

受け答えもそこそこに、クラウスはギルドを飛び出していった。

その背後を複数の怪しげな視線が追っていることに気付いていたので肝が冷えそうだ。

冒険者連中も行儀のいい奴《やつ》らばかりではない。

「はぁ、まいったな――まったく」

しばらく冒険者ギルドに近づかない方がよさそうだ。

さっき適当に剝がしてきた採取系のクエストを眺めつつ、金銭的に余裕ができたことだし2～3日休もうかなと決意したのだった。

そして、ほとぼりが冷めた頃を見計らって、装備を新調したクラウスが再び採取クエストを受けるべく乗合馬車に乗って狩場に向かう。

手に持っている採取クエストは、先日と打って変わって『劇薬』の材料採取だ。

毒消し草と正反対の猛毒の採取クエスト。しかし、これも毒消し草同様、不人気狩場に生える非効率的クエストと誰も手を付けていない塩漬け依頼《クエスト》であった。

大型のモンスターを狩るときに使用する混合毒に使う材料なのだが、採取場所が厄介な場所にあり、その割に報酬が低く、効率が悪いので誰も手を付けていなかった。おかげで徐々に報酬が吊《つ》り上《あ》がっていき、今ではちょっとした中級冒険者が受ける依頼に近い。

『矢毒ヤドリの採取』

矢毒ヤドリとは、猛毒キノコの上に生える寄生型の菌類だ。

ただでさえ猛毒の毒キノコの上に生えていることから、毒を濃縮しており、その威力はオーガですら少量で殺すと言われている。

取り扱いには細心の注意を払うとともに、採取にも注意が必要だ。

矢毒ヤドリの宿主である矢毒キノコも猛毒のキノコで、吐き出す胞子を吸えば数時間で死に至るという。

しかも、それだけでなく、棲息域《せいそく》が足場の悪い谷一帯であるため、ほとんど冒険者が忌避して近づかないという。

「また、あんちゃんか？　今度も辺鄙《へんぴ》なとこを選ぶんだなー」

御者が呆《あき》れ顔《がお》で言う。

「はは。人ごみは苦手で」

適当にはぐらかして、馬車を降りると狩場に向かって『自動移動』を使用する。

別に歩いてもいいのだが、『自動資源採取』のウォーミングアップのようなものだ。

「さて、対策も十分したたし――――今日も採取しますか！」

ブゥン……。

※　※

《移動先を指定してください》

●街

●フィールド・ダンジョン

●その他

※　※

もちろん、フィールドを指定。

「……お、やっぱり。行ってたな——『嘆きの渓谷』」

かなり昔、どこかのパーティに荷物持ちとして参加した時に行ったような気がしていたが、やはり一度足を運んでいたらしい。

記憶はあやふやだが、たしか吹き抜ける風が女の嘆き悲しむ声に聞こえるからそう呼ばれるようになったんだとか？

※　※

《移動先：嘆きの渓谷》
　⇓移動にかかる時間「00：18：54」

※　※

「さて、防毒マスクをして──っと、」
風に乗って胞子が流れているとも聞く。
早めに予防措置をしておいた方がいいだろう。
ギルドで販売している『嘆きの渓谷』対策グッズを準備したクラウス。
酸味のキツイ果実を発酵させ、さらに酸性を帯びたそれを絹布で巻いたマスク。
少々息苦しいが、キノコの胞子を寄せ付けないと評判だ。
じゃ、さっそく──。
「──『自動移動』発動ッ」
フッと、意識が飛び────……気付いたときには、寂しい渓谷に立っていた。
深い渓谷の底にいて、見上げる空は遥《はる》か上。
ヒョォォォォォォォオオオオオオ……。

「……おぉ、これが嘆き声――気味が悪いとこだな」

コモンスキル『気配探知』のレベルが上がったことで探知距離が上がり、多少なりとも魔物の気配を感じる。

「この前みたいに欲張ると恐ろしいことになるからな――……人間、慎重さが大事だよね」

一人で言って一人で納得。

こんな姿をリズに見られたらなんて言われることやら――。

だけど、お兄ちゃん頑張って稼ぐからね。

さって、

「まずはノルマ達成といきますか」

『矢毒ヤドリの採取』クエスト。ノルマ、矢毒ヤドリが5本。

一本あたり、銀貨50枚なり……。

「さて、馬車の巡回まで残り半日……。どれだけとれるかな？」

ブゥン……。

※　※

《採取資源：矢毒ヤドリ×1》

⇓採取にかかる時間「００：１２：０６」

※　※

「…………………うっそ。あの矢毒ヤドリが10分ほどで採取可能⁈」

毒消し草ほどではないが、かなりの短時間で採取が可能だ。

それも、この見渡すばかり広大な渓谷のゴツゴツした足場で――だ。

「と、とりあえず1本いってみよう――発動ッ」

フッと、いつもの【自動機能《オートモード》】を使ったとき同様に意識が飛ぶ――――…………そして、気付いたときには、

「ま、マジか⁉　…………ほ、本当に矢毒ヤドリだ」

クラウスの手には真っ黒な毒々しい星型の大きなカビの塊がある。

そして、その宿主である矢毒キノコも目の前に群生していた。

「ひぇー……。矢毒キノコも採取できて一石二鳥だな」

矢毒ヤドリほどではないが、矢毒キノコもそこそこの値段で売れる。

根付いた状態では、活発に胞子を飛ばすので石突を切り落とすのが採取条件だ。

「お、コイツも矢毒ヤドリあるじゃん。なんだ、矢毒キノコも群生するのか……」

苔《こけ》の生えた岩にびっしりと生える矢毒キノコ。

そのうち20個に1個ぐらいの割合で矢毒ヤドリは生えているらしい。

「よっしゃ！　これもゲットだぜー」

ややハイテンションで、矢毒キノコを袋に詰めていく。

周囲には胞子が活発に飛んでいるが、対策をしているおかげで汚染されずに済んでいる。

「……本当なら移動だけで、息も絶え絶えになるうえ、採取のためあっちこっちの岩に上って大変なのにな」

すさまじく効率よく動いて採取するため、体力の低下がほとんどなく、少し息苦しい程度。

しかも、群生地を次々に見つけるため、あっという間に背嚢は矢毒キノコと矢毒ヤドリで一杯になってしまった。

ただ、毒消し草ほど短時間で採取できるわけではなかったので、すでに昼を回りいい時間となっていた。

ブゥン……。

「効率よく採取できるのはこのぐらいの数みたいだな。しかも、自動採取って複数選べるのか……」

※　※

《採取資源：矢毒ヤドリ×2、矢毒キノコ×50》

⇒採取にかかる時間「００：２６：３２」

※　※

フッと、意識がなくなったかと思えば気付いたときには、両の手には抱えきれないほどの資源がある。

「や、やべぇ……笑いが止まらねぇ！」

うひひ、と人知れず笑うクラウス。

絶対に人にもリズにも見せられない姿だが、この矢毒ヤドリ1個で銀貨50枚もの価値があるのだ。

すでにノルマは達成しているので、やや報酬は下がるだろうが、半分程度は貰《もら》えると考えると、銀貨25枚の価値はある。

「これで結構な稼ぎになるぞ――――これはひょっとすると、考えていたあれを実行できるかもしれない」

それを想像してクラウスはニヤリと笑う。

金があれば色々なことができるのだ。これまでは生活でいっぱいいっぱいだったがこれからは違う。

リズにも贅沢《ぜいたく》させてやれるし、クラウスの装備も良品に新調できるだろう。

そして――――。

「おっと、敵の気配が近づいてきた――そろそろ次に行こう」

前回は欲張りすぎて、奥に踏み込んでモンスターに襲われてしまったが、今回はその轍《てつ》は踏まない。

気配探知がLv2になり、1回の採取で移動する距離くらいの敵なら探知できるようになったこともあり、事前に戦闘を避けることができるのも大きい。

さて、

「――時間まで安全かつ、大量にゲットするぞー」

すでに背嚢はパンパンになり、入口部と採取場所を往復して何度も渓谷にトライするクラウスであった。


「さて、あと1時間くらいかな？」

今回は背嚢のほかにズダ袋も用意していたので、入りきらなかった分はそっちに移している。

すでに、袋は矢毒キノコと矢毒ヤドリでパンパンに膨らんでいる。その数3袋！　1袋が背嚢の1・5倍ほどなので、どれほどの稼ぎになることか……。

「――でも、キノコばっかり採ってるのも飽きてきたな……なんか、違うことを試してみるのもいいか？」

クラウスは今回のクエストで、『自動資源採取』で複数が選択できることを知った。

その分採取時間も増えるが、自動資源採取は近傍の資源を効率よく採取してくれるため、おかしな組み合わせをしない限り、問題なく採取できる。

例えば、この『嘆きの渓谷』なら、矢毒キノコと矢毒ヤドリが棲息している。

ほかに水場周りにキリモリ草が生えている。

なので、矢毒キノコと矢毒ヤドリの組み合わせや、キリモリ草を自動資源の項目に入れて採取すると、この谷の中で効率よく採取を始める。

しかし、ここに毒消し草を追加すると、事情は変わる。

具体的には採取時間が跳ね上がるのだ。

この近傍で『毒消し草』が取れるのは、比較的近くにある狩場の『毒の沼地』ということになり、自動資源採取をした際に、矢毒キノコと矢毒ヤドリの組み合わせに毒消し草を追加すると、なんと、自動資源採取はその３つの資源を採取しようとして『嘆きの渓谷』と、『毒の沼地』を往復し、とてつもない採取時間を弾《はじ》き出《だ》してくる。

実際に実行してみたことはないが、もしやったとすれば、無意識下のクラウスは自動でその２ヵ所の狩場を往復することになるのだろう……。実に恐ろしい（まぁ、意識がないので辛《つら》いも何もないのだけど——）。

「——だから、採取時間が少ないものはこの谷に資源があるってことになるよな？」

例えば、魔力草といった高価な資源が取れればすさまじい稼ぎを生み出すことができる。

この渓谷で取れると聞いたことはないけど、万が一ということもある。

「……やってみるかな?」

そうして、クラウスは自動資源採取の項目にあるものを一つずつ試してみることにした。

その数は膨大であったが、すでにノルマを達成し、さらに追加の分を採取したこともあり、時間を持て余していたのだ。

「んー……ドラゴン草──ゲッ『127:22:45』って、5日も離れた場所にあるのか⁈

……でも、生えてるんだな。すげー」

どこかワクワクしながら資源採取可能時間を確認するクラウス。

その気になれば、資源採取を選択すれば一瞬のうちに意識が飛び、気が付いたらドラゴン草を手にしているのだろう。

食べればドラゴンのように強靱《きょうじん》な肉体を一時的に得ることができるというドラゴン草。

滅茶苦茶《めちゃくちゃ》高価な品だ。

「……ま、だけど、どこに行くかもわからないものを採取するのはこわいよなー。気が付いたらドラゴン草を手にして、目の前にドラゴンがいる──なんてこともありそうだ」

自動資源採取の欠点は、その間の行動が読めないということだろう。

使いどころを誤れば詰む……。文字通り人生が詰むのだ。恐ろしいことこの上ない。

「へー……リンゴは、『03:11:23』って、これ街までの移動時間だろ? で、キリモリ草はマジでどこでも生えてるな」

採取時間『00:05:12』って、多分近くの水場だ。

「……ん～む。そんなになんでもポコポコ生えてるわけないか、マンドラゴラはどうかな？　見つけられたら、すげー高価だけど、さすがにないかなー。……『00：23：43』か。近いな」

…………ん？

「え？　……に、23分⁉」

え？

あれ？

「う、嘘《うそ》だろ？　え？　あるの⁉　この渓谷に⁉」

一瞬フリーズした思考が不意に戻ってくると、驚愕《きょうがく》にうちのめされるクラウス。

そして、その事実に再び仰天する。

「……じょ、冗談だろ？　マンドラゴラっていえば、金貨100枚単位で取引される超高価な魔法素材だぞ」

それが、こんな……。

いくら不人気な狩場でも、下級の冒険者でもトライできるような場所にあるっていうのか？

しかも、20分そこらで取れる距離だ。

「……ど、どうする？　やるか……やめとくか？」

クラウスの逡巡《しゅんじゅん》。

マンドラゴラは希少植物ではあるが、それ以上に危険なモンスター植物の一種でもある。

抜けば、採取者の周囲を混乱に陥らせる叫び声をあげ、時には混乱の末に命を落とすこともあるという。

だが、クラウスの所持している【自動機能《オートモード》】はユニークスキルで、使用する『自動資源採取』は使用項目に、こうある。

※　※　※

スキル【自動機能《オートモード》】
Lv3自動資源採取は、一度手にした資源を、必ず自動的に採取できる。

※　※　※

そう。
「必ず」自動的に採取すると――――。
つまり、スキルの範疇《はんちゅう》にある限り必ず採取できるのだろう。
しかも、23分で……。
「やってみる価値はある、か――……」
すでに夕闇は迫り、巡回の馬車が近傍を回る時間が近くなってきた。
今日はこれで最後の採取になるだろう。

「よし！　男は度胸だ――――！　自動資源採取、発動ッッ」

フッと、いつもと同様に意識が飛ぶ――――………そして、気付いたときには、

「ちょ……。ちょぉぉおお！　ほ、本物……。本物のマンドラゴラだ‼」

クラウスが手にしていたのは、紛れもなくマンドラゴラであった。

まるで人間のような表情があり、手足のような根を生やした植物。

頭部にも見える球根には叫び声をあげるであろう口がある。

紛れもなく、マンドラゴラである。

図鑑でも見たことがある姿そのもの……。

「マジ……かよ。まさかこの渓谷に自生地があったのか？」

毒の胞子と足場の悪さのせいで、ろくに調査がされていなかったのだろう。

だから、見過ごされていた……。

「――どうしよう。こんなの持って帰ったら、絶対なんか言われ……ん？」

ピキ――――ン‼

と、脳裏に突如警鐘が鳴る。

これは先日上昇した気配探知が最大限の警告を発しているときの感覚だ。

つまり敵⁉

まさか、この距離で感知できないほど接近されていた――――。

「ぎぎゃああああＡＡＡＡあああ⁉！」

突如クラウスの目の前の岩がムクリと起き上がり絶叫する。

いや、違う……岩なんかじゃない!!

ロックリザードはダンジョンなどの暗がりに棲息する、頑強な皮膚をした巨大なトカゲ型モンスター。

「ロックリザード?!」

まさか、B級指定の魔物がこんな下級フィールドに?!

それも、中級や上級冒険者が挑む狩場に棲息しているB級指定モンスターだ。

どうりで気配探知Lv2程度では探知できないわけだ……!

間違ってもクラウス程度の下級冒険者が挑む狩場にいる魔物ではない!

「く……」

————やられるッ!

勝ち目などあろうはずがない、強大な魔物の出現にクラウスの脳裏に走馬灯が流れ始めた。

幼少期、スキルの発現した日————……リズとの穏やかな日々。

(リズ……!)

家族の元に戻りたい一心で、勝ち目などないと知りつつもクラウスは剣を引き抜く。

新調した黒曜石の短剣はまだ手に馴染《なじ》んでいなかったが、下級冒険者が持つにしては高級品。

金貨2枚の価値はある一品だ!

せめて一矢…………。

「って、あれ？」

「あぎゃぁああああＡＡＡＡあああ嗚呼《ああ》あ?!　ぎゃぁああ?!　＄＄＆゛＆％゛％＄％!!」

ドッタンバッタン大暴れするロックリザード。

まるで見えない敵と戦うかのように暴れ転げまわっている。しまいには口から泡を吹いて、近くにいたクラウスを見て怯《おび》えて丸くなってしまう。

こ、これは――……。

「まさか、マンドラゴラの悲鳴を聞いて混乱しているのか？」

クラウスが手にしているマンドラゴラ。

それはクラウス自身がどうやって引き抜いたかは知らないが、間違いなく生物を混乱させる叫びをあげ、近くで寝ていたロックリザードを恐慌に陥らせたようだ。

しかも、ほんの少し前までは失神していたらしく、未《いま》だその精神はかき乱されていた。

……チャンス!!

クラウスは、その機会を逃さないッ！

怯えて縮こまるロックリザードに馬乗りになると、容赦なく黒曜石の短剣を突き立てた。

可哀《かわい》そうだなんて思う暇もない。

一歩間違えればクラウスが食われていた可能性もあったのだ!!

「うわぁぁぁあああ!!」

ザンッ！　ザンッ!!

ザンッザンッ!!

何度も何度も刃を突き立てると、ロックリザードも大暴れする。

しかし、最初の一撃は急所を貫いており、急速に弱まっていくロックリザード。

固いという噂《うわさ》の皮膚も黒曜石の短剣は易々《やすやす》と切り裂いていった。

以前まで使っていたショートソードならこうはいかなかっただろう。つくづく運がよかったと言わざるを得ない。

そうして、ロックリザードは正気に戻る間もなく、息絶えた。

「ふー……ふー……」

青い血を全身に浴びたクラウスは額に浮いた汗を拭う。

「た、倒したー」

ドサリとロックリザードの上に身を投げると、ようやく一息ついた。

まったく欲張るもんじゃないな……。

しかし、おかげで凄い収穫を得たのも事実。

ロックリザードの素材にマンドラゴラ。

しかも、ロックリザードからはこぶし大の魔石まで出てきた。

B級モンスターを仕留めたことで得られる経験値にあわせて大量の魔素を吸収した魔石を砕いたことでクラウスのレベルは急激に上昇する。

※　※　※

クラウス・ノルドールのレベルが上昇《レベルアップ》しました
　クラウス・ノルドールのレベルが上昇《レベルアップ》しました
　　クラウス・ノルドールのレベルが上昇《レベルアップ》しました
　　　クラウス・ノルドールのレベルが上昇《レベルアップ》しました
　　　　クラウス・ノルドールのレベルが上昇《レベルアップ》しました
　　　　　クラウス・ノルドールのレベルが上昇《レベルアップ》しました

※　※　※

この日一日でクラウスは6レベルもアップした。

「ど、どうしたあんちゃん?!　そんなにやつれて……」

「あはは。死ぬかと思いました」

レベルは上がったが、激戦を繰り広げたクラウスはゲッソリとして乗合馬車の合流点に現れる。

その顔を見た御者の爺《じい》さんに呆れられるも、もはや答える気力もなく真っ白に燃え尽きたクラウスは馬車に乗るなり眠り込んでしまったとか。

「燃えたよ……真っ白によう——」

「いい加減無茶はよしな、あんちゃん。ソロで冒険なんてするもんじゃねぇぞ？」

うるへー。
好きでソロやってるわけじゃねぇよ。

※　本日の成果　※

～ドロップ品（討伐証明）～
ロックリザードの尻尾×１

～ドロップ品（素材）～
ロックリザードの皮×１
ロックリザードの肝×１
ロックリザードの牙×少量

～ドロップ品（魔石）～
魔石（中）×１⇓使用済み

～採取品（草木類）～
矢毒キノコ×４２０

矢毒ヤドリ×30
キリモリ草×22
マンドラゴラ×1

※　※　※

レベル：19（UP！）
名　前：クラウス・ノルドール
スキル：【自動機能《オートモード》】Lv3
Lv1⇒自動帰還
Lv2⇒自動移動
Lv3⇒自動資源採取
Lv4⇒？？？？
●クラウスの能力値
体　力：182（UP！）
筋　力：103（UP！）
防御力：97（UP！）
魔　力：51（UP！）

敏《びん》捷《しょう》：　113（ＵＰ！）
抵抗力：　34（ＵＰ！）
残ステータスポイント「＋23」（ＵＰ！）
スロット１：剣技Lv３（ＵＰ！）
スロット２：気配探知Lv３（ＵＰ！）
スロット３：下級魔法Lv１
スロット４：自動帰還
スロット５：自動移動
スロット６：自動資源採取
スロット７：なし
●　称号「なし」
○臨時称号「真っ白に燃え尽きた男」
⇓タオルが似合いそう。一定時間、周囲に人を寄せ付けない。

※　※　※

※マンドラゴラ小話※

（クラウスは無意識下で行動しており、叫び声を聞いてもそもそも混乱する意識がないため無事……らしい）


「うぅ……もうダメだ」

「お、お兄ちゃん?!　――――きゃあ、白い?!」

家の前までたどり着いたクラウスは扉を開けることもできずにぐったりとへたり込む。

いっそ、自動帰還を使えばよかったのだが、それすらも思いつかないほど真っ白に燃え尽きていた。

「リズぅ、お兄ちゃんはもうだめだー。あとは――たの、む」

「いやいや！　何を頼むか知らないけど、白い！　すっごい白いから！」

真っ白に燃え尽きたぜ。

今日一日で人生の半分くらいの幸運を使い切った気がする。

「と、とにかく家に入って！　……めっちゃ近所迷惑だから！」

おっふ。

リズさん、とても世間体を気にする子。

お兄ちゃんの白さよりも世間の白い眼《め》が気になるようで。

「もー。何この重さ！　カバンに何詰めてるのよ！　重ッ、臭ッ！」

剝ぎ取ったばかりのロックリザードの素材は強烈な生臭さだ。

リズはそれを嫌って、物置にカバンを突っ込むと、同じくらいに臭いクラウスを裏庭まで引きずっていき、頭から井戸水をぶっかける。

「つ、冷《つめ》てぇぇぇぇ!!」

クラウス、必死の思いで家に帰り、世間と義理の妹の冷たさに打ちのめされる……。

ち――――ん。

そのまま気絶するようにベッドに潜り込んだクラウスは、さめざめと枕を濡《ぬ》らしたとか濡らさなかったとか――。

「はいはい。そーいうのいいから朝ごはん食べて！」

「え？　もう朝!?」

昨日どうやって寝たかも覚えていないクラウスは、ガバッと跳ね起きると、窓の外を見る。

すると、間違いなく朝だった。

「もー。最近のお兄ちゃんどうしたの？　いつも、無気力で冒険者を続けてたと思えばなんか急にハキハキとしたり、真っ白になって帰ってきたり――」

エプロンをつけて、オタマを持ったリズが呆れた顔で腰に手をあて、クラウスの寝室に立っていた。

「おっふ、リズ。今日も可愛《かわい》いね」

「ちょ……。頭大丈夫？」

いや、だいぶ大丈夫じゃない。

なんか、急激にレベルが上がったせいか精力に満《み》ち溢《あふ》れている。

義理の妹だけどリズがやたらと可愛く見えて…………。

「な、何か目が怖いよお兄ちゃん」

「だ、大丈夫。大丈夫……。ヒッヒッフー。ヒッヒッフー」

「……それ、赤ちゃん産むときだよ」

「うん。なんか生まれそう――」

はぁー。

「思う存分産んだら食事にしてね。いつまでも片付かなくて困るんだから！」

プリプリと怒るリズも可愛いなーなんて思いつつ、気を静めるため軽く体操をしたあと、クラウスは朝食を平らげて、いつも通りギルドに向かった。

ちなみに朝食は、最近羽振りがいいこともあって比較的豪華な内容。

焼きたての白パンに、羊肉をミルクで煮込んだコッテリシチュー。

そこに卵とベーコンとレタスのセットがついて、果実のジュース付き。超旨《うま》い。リズちゃん百点

――お嫁に欲しい。

「もう！　からかわないでー!!」

顔を真っ赤にして怒るリズのポカポカ攻撃を受けながら朗らかに笑うクラウスは、余裕の身のこなしで装備を整えるとドロップ品を担いでギルドに向かった。

レベルアップのテンションそのままに、ギルドにつくと昨夜の注意事項も忘れて、ドー――ンと

ドロップ品を置いたものだから、さぁ大変。

「な、なななな――――」

ギルド受付、テリーヌさんの目の前には山となった矢毒ヤドリに、マンドラゴラ。

そして、ロックリザードの討伐証明が積み上げられた。

「なんですかこれは――――!!」

朝から大騒ぎになるギルド。

大量の矢毒ヤドリだけでも大騒ぎなのに、マンドラゴラに、この辺では棲息を確認されていなかったロックリザードの素材まで。

「ちょ、ちょちょちょちょ、ちょ～～～っと、クラウスさん、奥まで来てください――――っていうか、面貸せや」

テリーヌさんが笑顔のままクラウスを連行。

そのころになってようやく落ち着いてきたクラウスが内心青ざめながらシラを切る。

「お、俺なんかやっちゃいましたか?」

「そーいうのは勘違い勇者になってから言え――――COME　ON《カモォォオン》!!」

ズールズルと引きずられていくクラウス。

その先にはギルドマスターが控えているという、奥の間があった……。

※　そして小一時間　※

「クラウス・ノルドール――――Dランク冒険者」

コトリ……。

机に冒険者認識票を置き、矯《た》めつ眇《すが》めつ眺めていた初老の女性が、そっとそれをクラウスに返す。

彼女こそ、このギルドにその人ありと知られるギルドマスター、サラザール女史であった。

「は、はい……そ、そのぉ、」

「ふぅ。別に悪事で捕らえたわけじゃないのよ。そんなに緊張しないで?」

いや、そんなこと言われても……。

「まぁ、急に連れてこられちゃビックリするわよね――――テリーヌ、もう少し慎重に行動なさい」

「は、はい……すみません。つい――」

つい連行するなよ……。

「そ、それで何の用ですか?」

「んー……。正直何の用かと言われると、別にないのよ。さっきも言ったけど悪事を働いたわけでもないし、むしろ冒険者として精力的に働くあなたは賞賛に値するわね」

「ど、どうも……」

ニコリと上品に笑うサラザール女史に曖昧に頷《うなず》くクラウス。

「でもね――――不審な点はあるわ」

ギク。

「これ……。そう簡単に手に入るものじゃないの、それはわかるわね？」

そういってテーブルに置かれたのはマンドラゴラだった。

金貨１００枚クラスで取引されるものをＤランクの下級冒険者が「チーッス」ってな感じで持ってきたらそりゃ不審も不審だろう。

「あ、はい」

「うん。で――――」

そこでキラリと目が光るサラザール女史。

次の言葉は半ば予想できたので、グッと身構えるクラウス。

「どこでどうやって手に入れたのかしら？」

「――『嘆きの渓谷』で、たまたまです」さらりッ！

と、淀みなく間髪入れずに答えたクラウス。

それを見てスゥと目を細めたサラザール女史は、ちっとも笑っていない笑顔で言う。

「へー……。たまたま、下級の狩場で、ロックリザードが棲息する場所から、下級の冒険者である
あなたが手に入れたのね？」

一つ一つ区切るように、確認するように言うサラザール女史の迫力にグビリとつばを飲み込みながらもクラウスは頷く。

……というか頷くしかできない。

「ソーデス」

だって事実だもん。

他になんて言うのよ？

……たしかに【自動機能《オートモード》】のことは伏せていたが、聞かれてもいないことをわざわざ言う必要はない。

い、い、い、誰が何と言おうが、か、か、

たまたま、

下級の狩場で、

ロックリザードが棲息していた場所で、

下級冒険者であるクラウスが手に入れたのだ。

まっっっったく、嘘の一つもない。

「……………………へぇ」

じ————っと、痛いほどの視線を感じるが、他に言いようのないクラウスはなぜかキリキリと痛む胃にぐっと力を入れて耐える。

(な、なんなのこれ？　俺が何したって言うんだよ)

「……まぁいいでしょう。ギルドに不利益になることは何一つないわ。何一つね————今のところは、」

やけに剣呑《けんのん》な雰囲気を持ってサラザール女史は言う。

しかし、そんなに脅されてもクラウスには何かしでかす気など一つもない。

あえていうなら、かつて外れスキルだなんだと、クラウスを突き放したギルドのスカウトどもに「ざまぁみろ」と言ってやりたいくらいだが、まだ時期尚早だ。

「じゃ、じゃもう行ってもいいですか？　今日も仕事があるんで……」

「いーえ、まだよ。まだ大事な話があるわ」

だ、大事な話……？

「このマンドラゴラね。――今の時価で言うと金貨250枚が相場なのよ」

「にひゃ……?!」


………250枚?!

「――ええ、年々収穫も減ってきてね。どこも品薄なのよ……。で、」

つんつんとテーブルの上のマンドラゴラを突くサラザール女史は言った。

「ぜひ、譲ってもらいたいんですけど――もちろん末端価格の250枚を払うってわけじゃないわよ？」

「そ、それはもちろん！」

ギルドの買い取り相場なら、市場価格の半分ならかなり多い方だという。

実際はもっと安い――。

それでも、個人で売る方法よりは、安全かつ確実だ。

そもそも、クラウスにその伝手《つて》はないし、なによりギルドに貢献した方が冒険者としての箔《はく》が付く。

「そう、それは嬉《うれ》しいわ！　うちでの買い取りなら――そうね……。色を付けて金貨65枚と言ったところかしら」

65枚?!

「そ、それで結構です！」

65枚でも相当な大金だ。

もっと吊り上げる交渉もできるかもしれないが、【自動機能《オートモード》】のことをあまり突っ込まれたくない。

「いいのね？　嬉しいわ――あ、だけどね、」

――ん??

「65枚とはいえ、そんな大金、ギルドではすぐ準備できないのよ」

「…………は？」

衝撃的な言葉にクラウスの思考が停止する。

※　※

ギルドに払えないほどの大金。

金貨250枚の価値のあるマンドラゴラ。

ギルド買い取りで金貨65枚。

それを、下級冒険者のクラウスが持ち込んだ――――。

「金貨65枚は大金よ。ギルド中からかき集めれば払えなくもないでしょうけど……、それじゃ通常営業に支障をきたすわ」

そりゃそうだ。

人件費に、その他買い取り費用。それを欠いてしまえば信用問題に発展するだろう。

「――王都に早馬を送って、本部から資金を取り寄せてもいいんだけど……。それじゃマンドラゴラを証文一つでギルドが管理することになるの。それはあまり外聞がよくない……わかるでしょ？」

「あ、はい」

証文でドロップ品を買い取るということは、ギルドが下級冒険者に借金を作ったということだ。

それが、どれほど外聞が悪いかは詳しく聞くまでもないだろう。

「で、でも。それなら、それで……。その別に俺は――――」

「いーえ。こっちが困るのよ。それで物は相談」

迫力のある、有無を言わせぬ笑顔でサラザール女史は笑った。

「こちらで現物との交換条件を出したいのですけど、いかがかしら？」

「ッ‼」

その言葉に反応したクラウス。

現物支給ということはギルドが保有している大量の物資や武器と交換できるということだ。

そして、それは今のクラウスにとって望ましいことでもあった。

「あら？　思ったより乗り気みたいね――……もしかして、ギルドから買いたい物でもあったのかしら？」

「い、いえ。そんなことは――ですが、その、なんでもいいんですか？」

そう言って足元を見られないようにゆっくりと探りを入れるクラウス。

「そうね。基本的にはここにあるものなら何でもいいわよ？　さすがに禁指定されている薬物なんかや、人身売買は無理ですけど」

「じ、人身売買なんてそんな馬鹿な。それよりも欲しいものがあります」

クラウスはこのチャンスを逃すことなく身を乗り出した。

「言ってみて。場合によっては下取り価格で売ってもいいわよ」

「ほ、ほんとですか⁉　じゃぁ、ぜひ――」

ま、

「……魔石を売ってください！」

「魔石を？　……どうしてかしら？　聞いてもいい？」

魔石を売買することは決して珍しいことではない。

魔物を倒してレベルアップの図れる冒険者と違い、街で暮らす職人や商人は、通常ではそんな方法でレベルアップが望めない。

しかし、そんな危険を冒さずともレベルアップをする方法がある。

それが、魔石からの魔素の吸収だ。

そうやって、冒険者以外の者はレベルアップを図り、社会貢献のためと自分のためにスキルのランクアップを目指すのだ。

高位の鍛冶屋はより高みを目指し、鍛冶のスキルを鍛える。

聖職者はより高位の奇跡を求めて、聖職者のスキルを鍛える。

誰も彼もが魔物を倒す以外に、そうして魔石を使ってのランクアップを図るのだ。

そのため、魔道具の作成以外にも魔石は流通しているのが常である。

ゆえに、魔石の需要は途切れることがなく常に一定量が流通し消費されていく。

国によっては通貨と同じ価値があるほど、魔石の需要は高い。

そして、クラウスの目的ももちろん、

「——け、経験値が欲しいんです。……知っての通り、俺は3年も冒険者やってきて、いまだに下級に甘んじています。だから、この機会を逃したくないんです」

「…………そう。いいわ、譲りましょう——金貨65枚分の魔石をね」

それだけ言うとあっさり交渉成立。

クラウスとしてはマンドラゴラを売って得た金を使って正規のルートで魔石を買うつもりだったので、これは渡りに船の話だ。

金貨65枚もの大金があっても、正直魔石以外に使うあてが思いつかなかったというのもある。

「テリーヌ。ギルド中の魔石を集めて。大取引になるわ」

「は、はい！」

壁際に控えていたテリーヌが、大慌てで素材換金所に駆け込んでいく。

あそこには、冒険者から換金された大量の魔石があるのだろう。

「――なるほど。あなたも冒険者としての大成を夢見ているのね？」

「そ、そりゃあもちろん……！」

冒険者なら当たり前のことだ。

親父《おやじ》もそうやって冒険者を続けて行方不明になったのだ。

「いいわ。これからも高価な素材を見つけてきたら魔石をそこそこの格安で譲ってあげる」

「本当ですか？」

「ええ、たまたま見つけたら、ここに持ってきて頂戴ね。高額の商材はギルド発展のためにも欠かせないですもの」

「あ、ありがとうございます！」

この時点で、クラウスはサラザール女史の話術に誘導されていたのだが、本人は気付いていない。

すでに、「たまたま」がクラウスにとって「たまたま」でなく、たびたびあると自白しているようなものだ。

そうして、箱に詰まった大粒の魔石を大量に受け取ると、代金としてマンドラゴラを引き渡すクラウス。

「ありがとうございます！　ほかの素材は換金でお願いします」

「えぇ、もちろん――――ちゃんと実績としても計上するわよ」

そう言って目を細めるサラザール女史。

冒険者認識票に蓄積される実績は『矢毒ヤドリの採取』のクエスト達成分しかないが、追加報酬はキチンと金貨と銀貨で支払われた。

〆て――、金貨で22枚と銀貨で70枚だ（内訳はロックリザードの素材が金貨10枚で、残りが金貨12枚銀貨70枚の換金）。

連日、本当にすさまじい稼ぎ……。

そして、大粒の魔石が〆て13個も！

なんと下取り価格で譲ってくれたおかげで、魔石（大）が1個で金貨5枚だという。

「す、すげぇ……。マジかよ」

手にした報酬の大きさに身体《からだ》が震える。

クラウスは努めて平静をよそおい、次のクエストを見繕いつつ、今日は休もうと固く決意し家路を急いだ。

何をしたわけでもないが、高額の報酬と、ギルドマスターとのやり取りで精神的に疲れてしまったのだ。

そして、なにより魔石を使ってやることがある。

――これだけあれば、どれほどレベルが上がることか……。

ホクホク顔でギルドを去っていくクラウスの背中を、ジッとサラザール女史の目が追っていた。

そして、街の雑踏の中にクラウスが消えたのを確認すると、テリーヌを呼びつける。

「……マスター？」

「わかってるわね？　彼に監視をつけなさい――それも腕利きの」

怜悧《れいり》な瞳で、ジッとテリーヌを見つめると有無を言わせぬままに踵《きびす》を返《かえ》す。

「――かえがたい人物になるかもしれないわ。昔、王都のギルドのスカウトが勧誘したって聞いたことがあるけど――なるほどね……」

「あ、あの？　マスター⁉」

「……だけど、逆もありうるわ。だから、彼の秘密を探りなさい――――『たまたま』とやらのね」

「は、はい……！　了解しました」

ヒヤリと汗が流れるのを感じながらテリーヌは何度も何度も頷く。

クラウスのあずかり知らぬところで様々な思惑が動き始める……。


本日の成果――――。

～換金額～

金貨×22

銀貨×70

～換金商品（魔石）～

魔石（大）×13⇓使用済み

※　※　※

クラウス・ノルドールのレベル《レベル》が上昇《アップ》しました

クラウス・ノルドールのレベル《レベル》が上昇《アップ》しました

クラウス・ノルドールのレベル《レベル》が上昇《アップ》しました

クラウス・ノルドールのレベル《レベル》が上昇《アップ》しました

クラウス・ノルドールのレベル《レベル》が上昇《アップ》しました

クラウス・ノルドールのレベル《レベル》が上昇《アップ》しました×3

「い、一気に8レベルもアップかよ……。す、すげぇ」

※　※　※

レベル：27（UP！）

名　前：クラウス・ノルドール
スキル：【自動機能《オートモード》】Lv３
Lv１⇓自動帰還
Lv２⇓自動移動
Lv３⇓自動資源採取
Lv４⇓？？？？
●クラウスの能力値
体　力：　２３０（ＵＰ！）
筋　力：　１３５（ＵＰ！）
防御力：　１２１（ＵＰ！）
魔　力：　67（ＵＰ！）
敏　捷：　１４５（ＵＰ！）
抵抗力：　47（ＵＰ！）
残ステータスポイント「＋47」（ＵＰ！）
スロット１：剣技Lv３
スロット２：気配探知Lv３
スロット３：下級魔法Lv１
スロット４：自動帰還

スロット5：自動移動
スロット6：自動資源採取
スロット7：なし
●　称号「なし」
○臨時称号「成金《なりきん》野郎」
⇒一定時間、つい余計なものを買ってしまう。
　そして、無性にお札に火をつけたくなる。「ほら、明るいだろう？」

※　※　※

「うーうーむ……。どうしようか」

「どうしたの、お兄ちゃん？　今日はお仕事いいの？」

　繕い物をしているリズの前でうんうん唸《うな》るクラウス。

「いや、今日はお休み。っていうか、それどころじゃない」

　うん。それどころじゃない……。

　だって、8レベルアップだよ、君ぃ!!

※　※　※

レベル：27
名　前：クラウス・ノルドール
スキル：【自動機能《オートモード》】Lv3

※　※　※

「あ、そう？　じゃー、私お買い物行ってくるからお留守番お願いねー」

「え？　あ、はい……」

リズはパパっと繕い物を終えると、買い物かごをもってルンルン気分で出かけて行った。

「………こーいうときは、一緒にお買い物行こ？　とか、なるんじゃないの？　お兄ちゃん寂しいよ、ＭＹシスター」

ガチャ。

「行く？」

「あ、嘘です。……恥ずかしいので、ツッコミとかやめてください」

「ん。よろしい」

わざわざツッコミのためだけに、引き返してきたリズさん、マジぱねえっす。

再び買い物に出かけたリズの背中をそーっと見送り、雑踏に消えていったのを確認すると、クラウスはステータス画面と睨《にら》めっこを始める。

「……今回の大幅レベルアップで、また【自動機能《オートモード》】のランクアップが図れるようになってきたんだけど」

うーむ……。

毎回【自動機能《オートモード》】だけを鍛え続けていてもいいものだろうか？

これまではなかなかレベルが上がらず、苦労していたため先が見えなかった。

そのため目先のことしか気にしていなかったが、スキルポイントの割り振りを本格的に考える必要が出てきたのだ。

「……【自動機能《オートモード》】をランクアップさせるには、Lv３からLv４で必要なスキルポイントが跳ね上がるのか……知らなかったなー」

これまでの例で行くと、Lv１は最初から持っているためスキルポイントは０。

そして、Lv２にするのに必要ポイントは10、Lv３で20だった。

次のLv４で30ポイントかと思いきや、なんと、40ポイントが必要とのことだ。

つまり、必要ポイントは、今後倍々に増えていくということが予想される。

「今、47ポイントあるから、Lv４にすることは可能だ。だけど、次はどうする？　Lv５で80も必要になるぞ……」

それまでの間、他のスキルやステータスを上昇させなくてもいいのだろうか？

コモンスキルは下級のものであれば自然に習得することも可能だけど、スキルポイントを使用して習得することもできる。

初期状態の必要ポイントも少ないので、取れるだけとってしまうという手もあるけど……。

「うーむ。前回はたまたまロックリザードに勝てたけど、根本的に俺って弱いんだよなー……」

『自動資源採取』は、効率的な方法で資源を採取できるが、危険を伴うことは前回と前々回で確認済み。

下手をすれば死んでいただろう。

運がよかっただけで、これからもその運に頼り続けていてもいいものだろうか？

「……今のままじゃ、次は死ぬかもしれない。それに、マンドラゴラのような希少植物がそう簡単に見つかる場所にあるわけないし、その場所には危険な魔物がいる確率が高い――」

『嘆きの渓谷』で今までマンドラゴラが見つからなかったのは、場所の制約もさることながらロックリザードがいたためだろう。

たまたま見つけた下級冒険者がいたとして、彼らがロックリザードを倒せるはずもない。

そして、下級冒険者の狩場に中級や上級冒険者が行くはずもない。

……だから、今まで発見されなかったのだろう。

「……【自動機能《オートモード》】頼りで冒険者を続けるなら、やはり強くなる必要があるよなー。あるいは強い……信頼できる仲間がいるとか」

信頼できる仲間。

そうすれば、自動で行動中のクラウスを守ってくれるだろう。

護衛役と資源採取で役割分担をすれば実に効率よく安全に採取できるに違いない。

「そんな奴……いねぇよ」

チラリと昔の仲間の顔を思いだしたクラウス。

（いやいや、それはない。アイツ等《ら》はない……）

ならば、ギルドで探すという手もなくはないか？

だが、下級で——下手に経験を積んでいるクラウスと組んでくれる仲間を探すのは至難の業だ。

なにより、信頼できる相手という点で難がありすぎる。

「——やっぱりしばらく、ソロしかないよなー……とほほ」

べ、別にボッチじゃないんだからね！

俺の方からお断りなだけなんだからね！

「よし！　悩んでいてもしょうがない——まずはポイントを使用して、【自動機能《オートモード》】をランクアップだ！　そのあとで、状況に応じてスキルやステータスを考えよう」

というわけで————。

※　※　※

レベル：27
名　前：クラウス・ノルドール

スキル：【自動機能《オートモード》】Ｌｖ４（ＵＰ！）
Ｌｖ１⇓自動帰還
Ｌｖ２⇓自動移動
Ｌｖ３⇓自動資源採取
Ｌｖ４⇓自動戦闘（ＮＥＷ！）↑ピコン！
Ｌｖ５⇓？？？？

●クラウスの能力値
体　力：２３０
筋　力：１３５
防御力：１２１
魔　力：67
敏　捷：１４５
抵抗力：47
残ステータスポイント「＋７」（ＤＯＷＮ！）
スロット１：剣技Ｌｖ３
スロット２：気配探知Ｌｖ３
スロット３：下級魔法Ｌｖ１
スロット４：自動帰還

スロット5：自動移動
スロット6：自動資源採取
スロット7：なし
●称号「なし」

※　※　※

な、なんだこれ？

【自動機能《オートモード》】のランクアップ後に追加された新スキルだけど──。

…………じ、

「──自動戦闘？」

じ、自動戦闘ってなんだよ？

「え。まさか自動で戦闘してくれるのか?!」

それってどうなんだ？

すげぇ危険な気配しかないぞ……！


「あ、こういう時は」

へるぷ、ぽちー

※　※　※

スキル【自動機能《オートモード》】

能力：ＳＰを使用することで、自動的に行動する。

Lv１自動帰還は、ダンジョン、フィールドから必ず自動的に帰還できる。

Lv２自動移動は、ダンジョン、フィールド、街などの一度行った場所まで必ず自動的に移動できる。

Lv３自動資源採取は、一度手にした資源を、必ず自動的に採取できる。

Lv４自動戦闘は、一度戦った相手と、必ず自動的に戦闘できる。

※　※　※

「――マジで？」

え？

戦闘できるって、言葉の定義怖いんですけど……。

必ず勝てるとか、そういう風に言ってくれないの？

「……ダメだ。これはやばい気配しかないぞ」

下手に自動戦闘なんて使おうものなら、無意識のままモンスター相手に自動的に戦闘をすることになる。

そして、二度と意識が戻らないなんてことも……。

「当面はこいつは封印だな。検証しないと危なくて使えないぞ」

……とすると、やはりしばらく『自動資源採取』で稼ぐのが順当だな。

よし、そうと決まればさっそく行くか！

「ただいまー」

あ、帰ってきた。

「いってきまーす」

「え？　えええええ!!　今日はお休みじゃ?!」

大根が買い物かごから顔を出した主婦スタイルのリズに、朗らかに手を振るクラウス。

「冒険者たるもの、思い立ったら即行動だよぉ。リズぅ」

「ちょ、ちょっと！　夕飯までには帰ってきてよ!!」

はっはっは。

「ろんのもちだよ」

ギルドに行ってからさほど時間がたっているわけでもないし、まだ乗合馬車に間に合うだろう。

では、ＭＹシスター。行ってくるぜ！

「…………もう！　今日はお休みだって言うから、腕によりをかけてご飯作ろうと思ったのに――

お兄ちゃんの馬鹿ぁ」

去り行くクラウスの背中に義理の妹が寂しそうに声をかけていたことなどクラウスは知る由もなく、颯爽《さっそう》とギルドに向かっていた。


ガラガラガラガラ……。

さて、クラウスはギルドにて新たな採取クエストを受けると、いつものごとく乗合馬車に揺られていた。

今日は少々遠出しなければならない。

いつものように、人気のない狩場を選ぼうとしていたのだが、そうそう都合よくあるはずもない。

『毒の沼地』や『嘆きの渓谷』は、先日、かなりの量の資源を採取していたため、奥地に入らなければ採取が困難になっていた。

別に『自動資源採取』で採取するので効率が悪くなることはないのだが、やはり魔物の危険が高いため、どうしても入口付近で採取できるところが望ましいのだ。

そして、ソロで活動するクラウスの場合、狩場の奥で魔物と遭遇すると、周囲を囲まれる危険が大きい。

そのため、狩場入口付近の資源を採取した場所は次に資源が回復するまではしばらく控えるのが得策だと思ったのだ。

「――そうなるとおのずと限られるんだよなー」

下級の狩場なので、そこまで脅威度の高い魔物が出ることはないのだが、この前のロックリザードのような例もある。

あれは例外にしても、クラウスが単独だというのがやはりマズいのだ。

単独vs.複数というのは、相手がたとえ下級モンスターでも避けたいのが本音。

もちろん、複数でも十分に戦えるのだが、囲まれてしまうと最悪だ。

だから、そういった事態も想定した狩場が望ましい。

……あるいは、一対一で戦えるような環境。

そして、自動資源採取のほかにも試してみたいもう一つのことがあった。

……新スキルの『自動戦闘』だ。

だが、これはもう少し使う環境を考えないと恐ろしくて使えない。

そのため、まずは態勢を整える。

つまり、お金とレベルアップだ。

ゴブリンくらいなら平気で試せるにしても、しっかりとした装備とステータスで臨みたい。

でなければ、自動戦闘を使った後の影響が怖くておいそれと使えた物じゃない。

「ま、その前にこっちも検証しないとな」

――スキル『自動資源採取』！

ブゥン……。

※　※

《採取資源を指定してください》
●草木類
●鉱石類
●生物類
●液体類
●その他

※　※

そう。
『自動資源採取』には、草木類だけでなく、鉱石や生物、液体などの項目があるのだ。
今までは仮の検証のため、草木類だけにとどめていたが、何も他を試さない手はない。
というわけで、『魔光石の採掘』。
鉱山またはダンジョンで取れる魔光石の採取依頼を受けてきたのだ。
これも下級ダンジョンに多く見られる依頼のひとつ。

街中で使用される照明として幅広く使われている需要の高い鉱物だ。

その分広く採取されているため、決して価格は高くはないが、鉱山や比較的安全なダンジョンでも産出されるため、冒険者が討伐系依頼のついでに受けることが多い。

クラウスはそのうち、とあるダンジョンで出されている採掘依頼を根こそぎ貰ってきた。

「あんちゃん……。また辺鄙《へんぴ》なとこ選んだな？」

「ん？　そうかな？　昔はよく潜ってたよ」

いつもの御者に呆れられているような気もするが、気にしてもいられない。

向かう先は下級ダンジョンの中でも不人気ダンジョン、『夕闇鉱山』だ。

「そりゃ新人の頃の話だろ？　――まぁ、安全っちゃ安全なんだが……」

「安全が一番さ」

爺さんの言う通り、『夕闇鉱山』の特徴といえば安全くらいなもの。

とれる鉱物の大半が魔光石で、実入りが少ない。

そのため、初心者の冒険者がたまに訪れるが、初心者を卒業した者は滅多に行くことのないダンジョンであった。

ちなみに夕闇の名前の由来は、豊富な魔光石の明かりがダンジョン全体を照らしており、ランタンがいらないくらいにほのかに明るく、夕闇の中を歩いているように感じるから――とのこと。

出典：冒険者ギルド刊『ダンジョン歩き』参照
「今日も誰も使わないからよ、あんちゃんのためだけにルートを変更してるんだぜ？　帰りの乗合

馬車は俺のやつしかないからよ、遅れるんじゃねーぞ」

「はいはい。了解っす」

御者の爺さんの、心配ともお節介ともいえる声を適当に流して、依頼書を流し見る。

『魔光石の採掘』：ノルマ×20（鉱石の大きさにより、買い取り価格を決定する）

……の依頼書を計10枚確保してきた。

ノルマをクリアすれば、冒険者のランクも上がりやすくなる。

まずはノルマを確保しつつ、『自動資源採取』の検証もやらないとな。

「ま、幸いたいした魔物もいないからよ、一応ベテラン下級冒険者のあんちゃんのことだから心配はしてないが……無理はするなよ？　この前みたいな、よ」

「へーへー。先日はたまたまだよ。だけど、ありがとさん」

……なんだよ、べテラン下級冒険者って！

さりげなくディスられてるんですけど！

「まったく……」

言いたいだけ言って、さっさと次の狩場に向かうギルドの乗合馬車。

あの爺さんも、長くこの仕事を続けているだけに色々な冒険者を見てきて思うところがあるのだろうけど、

「余計なお世話だよ！　さぁ、今日も採取しますか――――あ、鉱石だから採掘？」

……うん、どうでもいい。

そして、いつものウォーミングアップ。

ブゥン……。

※　※

《移動先を指定してください》
●街
●フィールド・ダンジョン
●その他

※　※

もちろん、ダンジョンを指定。

「……ここ、久しぶりに行くなー。1年は行ってない気がする――あった『夕闇鉱山』」

ソロ主体のクラウスは日銭を稼ぐため、そして、安全を考慮してモンスターの少ないこの鉱山をよく利用していた。

もちろん、稼ぎは微々たるものだったけどね。

※　※

《移動先：夕闇鉱山》
⇓移動にかかる時間「00：10：25」

※　※

「さて、つるはし、スコップ――よしっと、」

ギルド貸し出しの硬化魔法処理済みのつるはしとスコップを担ぐと慣れた様子で鉱山に向かう。

じゃ、さっそく――。

「――『自動移動』発動ッ」

フッと、意識が飛び――……気付いたときには、明るい鉱山の入口に立っていた。

人気はないものの、どこかのんびりとした雰囲気のただよう鉱山。

たまに冒険者ではないものも、小遣い稼ぎに魔光石を採掘に来るというが……。

「今日は無人っぽいな」

ギルドのお知らせ板でも、他の冒険者がいないことを確認済みだ。

さって、

「まずはノルマ達成といきますか」

『魔光石の採掘』クエスト×10。ノルマ20個×10――〆て、200個の魔光石なり。

ちなみに一個あたり、(小)銅貨1枚、(中)銅貨2枚、(大)銅貨5枚なり……。

(特大以上)は時価応相談。

「さて、馬車の巡回まで、サクサク採掘しようかな？　それと――」

ブゥン……。

※　※

《採取資源：魔光石(大)×1》
⇓採取にかかる時間「00：04：22」

※　※

「…………うわ。さっそく魔光石(大)がとれるのかよ？　入口付近でこれとか……楽勝すぎるな?!」

しかし、目的はそれだけではない。

ほかにも色々……。

「ま。――まずはノルマを終わらせてからにしようかね」

さぁ、お兄ちゃんサクサク掘るよー。ＭＹシスター、風呂沸かして待っとれい‼

意気揚々とつるはしを担いで鉱山に踏み入るクラウスであった。

「…………独り言多くない、アイツ？」

そんな背中を見つめる影が一つ。

「まー……お姉さまの命令だから、やるけどさー……。なぁんで中級のアタシがあんな間抜けそうな下級冒険者の監視するんだろ────っと、見失っちゃう！　急がなきゃ」

ススス──と、音もなく、クラウスに続いて鉱山に入っていく……。


「あ、そーれ！」

キンキンキンッ！

調子よく岩壁を叩《たた》くクラウス。

自動資源採取ではすでに両手いっぱいの魔光石（大）を採取していた。

驚くなかれ────……。なんと１時間もしないうちに魔光石（大）を２００個近く入手していたのだ。

「せっかくだし、魔光石（特大）も欲しいな。ただ、俺も今までに（特大）は一度も採ったことないんだよなー」

昔通い詰めていたこともあり、魔光石は（小）～（大）まで、採掘項目の中にあった。

それは日常生活で触れていた分も含まれているのだろう。

しかし、さすがに（特大）は触れたことがなかったので、今こうして探しているわけだが……。

「まさか、いきなり鉱脈にぶち当たるなんてな――――こりゃ、特大も期待できそうだ」

『自動資源採取』にて、（大）の採取を選択すると、あっという間に鉱脈を自動で採掘したらしいクラウス。

気が付いたときには周囲が鉱石で埋め尽くされており、今目の前にある鉱脈を掘り抜いていたのだ。

しかも、疲労度もさほどではない。

つまり無駄掘りすることなく、一瞬で鉱脈を探し出し掘り出したのだろう。

目の前の巨大鉱脈はキラキラと輝いており、ザクザクと（小）（中）の鉱石やボタ石が落ちる。

そして、ついに――――！

「で、でたー‼」

ガツンと叩きつけたつるはしの先から、ゴロンと転がり出た特大クラスの魔光石！

「でっけぇ！　しかも、大量……！　こんな近くに大鉱脈があったのかよ」

転がり出た鉱石は（特大）×5に、（極大）×1
なんで大きさがわかるのかって？

そりゃアンタ――――。

ブゥン……。

※　※

《採取資源を指定してください》

●草木類
●鉱石類←ピコン
●生物類
●液体類
●その他

※　※

《採取資源を指定してください》

●鉱石類
⇓魔光石（小）（中）（大）（特大）（極大）、
浮力石、魔鉄、霊光石、叫声石、猫啼石《ねこなきいし》、
石炭、水晶、琥珀《こはく》、鉛、錫《すず》、ニッケル、鉄、鋼、銅、銀、金、ｅｔｃ.
⇓砂岩、泥岩、礫岩《れきがん》、凝灰岩、玄武岩、花崗岩《かこうがん》、閃緑岩《せんりょくがん》、角閃岩《かくせんがん》、緑色岩、岩塩、ｅｔｃ.
⇓魔石、人骨、獣骨、魔物の骨（下級）（中級）、ドラゴンボーン、ｅｔｃ.

ってな感じで、魔光石の（大）以降の実績が解除されたためだ。

さっきまでは項目の中になかったので、今採掘したものが（特大）と（極大）で間違いない。

「……それにしても、日常生活でも色々触ってるんだな――ドラゴンボーンなんて、研修で上級冒険者の剣に触れた時くらいだぞ？」

今思えばもっと触っておけばよかった……。

ミスリルとか、オリハルコンとか……――。

「あ、帰ったら、試してみればいいのか！」

何も買わなくても、試着とかさせてもらうだけでも、一度触れた物として実績が解除されるはずだ。

そうすれば、ミスリルやオリハルコンの採掘が可能になる……かもしれない。

「まぁ、そう簡単じゃないだろうけどな」

少なくとも、下級冒険者がホイホイと採掘に行けるようなとこにミスリルやらオリハルコンがあるとは思えない。

でも、将来を見越して実績を解除しておくのは悪いことではないだろう。

「あとは、魔鉄とか霊光石なんて、どこで触れたんだろう？　覚えがないけど、実績としてあるのはありがたいな」

　ま、それはそれとして――……。

　ノルマも達成したことだし、

「さーて、検証してみますかね」

　ポキポキと指を鳴らして、クラウスはステータス画面を呼び出す。

　これから検証するのは『嘆きの渓谷』で試したことの応用だ。

　あの時のようにマンドラゴラが手に入るような幸運はそうそうないだろうけど――。

「試す価値はあるだろ？　……というわけで、」

　ブゥン……。

　ステータス画面起動――『自動資源採取』確認！

「――ここでも、採取時間が極めて短いものはこの鉱山にあるはず……さすがに『金《きん》』はないだろうけど、」

　※　※

《採取資源：浮力石×１》
　⇒採取にかかる時間「２２９：１４：２６」

※　※

「うん……まぁそうだよね――」

希少鉱物がそうそう下級ダンジョンにあるわけがない。

じゃ、

「次行ってみよー」

※　※

《採取資源：鉄×１》

⇓採取にかかる時間「００：００：１０」

※　※

「…………って、これ――捨てられてるナイフかい‼」

あ、ダメだ。

ちゃんと量とか指定しないと、身近に打ち捨てられているような装備品にまで反応してしまうらしい。

さすがに自分が持っているものや他人の持ち物にまでは反応しないようだが……。

※　※

《採取資源：銅×１００》
⇓採取にかかる時間「１２：２３：２２」

※　※

《採取資源：銀×１００》
⇓採取にかかる時間「５８：４８：１５」

※　※

《採取資源：金×１００》
⇓採取にかかる時間「９４：５１：０９」

※　※

「ん～……どれもこれも芳しくないなー。時間から察するに、国有の鉱山あたりを指しているんだろうな」

まー。

物は試しって程度だしね。

だいたい、ドワーフ連中がしっかりと調査しているんだから、そう簡単に未発見の鉱物なんてあるとは思えない。

でも、やる価値は――――ある。

※　※

《採取資源：魔鉄×１００》

⇓採取にかかる時間「２３：１５：２２」

※　※

「ダメかー……。もっと細かく量を調整した方がいいのかな？　金鉱石とかそんなに集中して取れるものじゃないって聞くしなー」

どうやら、本当にこの夕闇鉱山は「魔光石」しか取れないらしい。

残る鉱石は霊光石くらいだけど、これは本来地下墓所なんかで取れる変異タイプの鉱石だったりで、普通の鉱山には――……。

ブゥン……。

※　※

《採取資源：霊光石×１》
⇓採取にかかる時間「００：３４：５５」

※　※

――え？

「………う、うそ」

あ、あったよ……。

霊光石があったよ。

「ま、マジか……！」

希少鉱物の中でも相当な希少鉱物の霊光石。

魔光石に似た鉱物であるが、魔光石よりも自然発光が弱く、まるで幽霊のようにか細く光るため
その名がつくという。

しかし、その特性は極めて特殊であり、魔力を溜《た》め込《こ》むことができるという性質がある。

そして、採取場所であるが――……主にダンジョン化した墓所などで取れるとされている。

一応、通常の鉱山でも稀《まれ》に取れるというが、採掘量が少なく、また質も悪い。

そのため、ダンジョン産の霊光石は最上とされているのだが……。

「――それが、こんなところに？」

霊光石は墓所で産出する。

取れる場所が場所なだけに、ただの変質ではなく、人の霊魂が魔光石に宿り変質したのではない
かという鉱物学者もいる。

だけど、この分だと……。

「ここ墓所じゃねーし。こんな場所でとれるんじゃ、霊光石の中身ってやっぱり霊魂なんかじゃな
いなー。これは、魔光石の通常変質説の方が正しいんじゃないか？」

魔光石が変質したものであるのは間違いないので、魔光石が取れる場所ならどこでも取れるのだ
ろう。

しかし、魔光石の光というか、採掘量という、主張が激しすぎて発見が困難――というのが正し
いのではないだろうか？

「つーことは、多分『自動資源採取』でも使わない限り、これだけ魔光石が取れる鉱山だと、混じ

って発見できないんだろうな」

淡い光しか出さない霊光石はボタ石として捨てられていた可能性もある。

……よし、試してみよう！

「さて、モンスターの気配は――――――……っと、」

いた。

じっと動かずにいるところを見るに、この鉱山に多く棲息する「ケイブスパイダー」に違いない。

自動行動中に蜘蛛《くも》の巣《す》に突っ込んでも面白くないし、……先に見える範囲を駆除しておこう。

そうして、クラウスはこのダンジョンに来て初めて短剣を抜いた。

「悪く思うなよ――これも、検証のためだ」

ギィ?!

普段は巣を張るか、徘徊《はいかい》しつつネズミや蝙蝠《こうもり》を主食としている大人しいモンスター、ケイブスパイダー。

奴らはクラウスの検証のために殲滅《せんめつ》されるのであった。

ギィィィイイイ……?!

ビュッ——！

黒曜石の短剣を血振るいすると、刃にこびりついていたケイブスパイダーの粘液が振り払われる。

油のつきにくい黒曜石の短剣はこういったときに扱いやすくていい。

「さて、近隣のモンスターは殲滅《せんめつ》したし、そろそろ試してみるか」

念のため、気配探知を使うも、周辺数十メートルにはモンスターの気配はない。

隠れていても、下級のモンスター程度なら「気配探知Lv３」で見落とすことはない。

もし見落としたなら、よほどの強敵か強者だろう。

だが、ここは安心安全の下級ダンジョン。

「よーし、右よし、左よし、全部よーし！」

というわけで、

ブゥン……。

※　※

《採取資源：霊光石×1》
⇓採取にかかる時間「00：33：10」

※　※

多分、採掘できるものの質は悪いだろうけど、ないよりはいい。
さぁ、こい！
霊光石――――。
「…………………――発動ッ」
フッと、いつもの【自動機能《オートモード》】を使ったとき同様に意識が飛ぶ――――…………。
そして、気付いたときには、手に握りしめられた淡い光を放つ鉱石と……。
「え………………？」
そこは見慣れた『夕闇鉱山』の岩壁などではなかった。
薄気味悪い穴のたくさん開いた暗闇の中……。
ど、どこだここ？
ようやく、周囲を窺《うかが》う余裕ができた時。
いつものように、意識が戻ったクラウスは手に淡く光る鉱石を握りしめていた。
それもこぶし大とかなり大きなものだ。おそらくそれが霊光石なのだろうが――。

だが、今それは重要ではない……そんなことよりも――。

「ひぃ！⁉」

気付いたときには、悲鳴が口から洩《も》れていた。

だ、だって――……。

「じ、人骨⁈　うわッ‼」

パキパキ！　と何かを踏みしめる音。

さらに音に驚き飛び上がれば、手に持つ霊光石の光に揺れる周囲の空間。

そして、淡い光に照らし出されたのはびっしりと空間を埋め尽くしている白骨の山だった。

「ひぇぇぇえ！　ちょ、ちょっと⁉　ど、どこだよここは――‼」

慌てて脱出しようとしたクラウスだが、どこから来たのか判然としない。

それどころか、ここはドン詰まり通路の行き止まりのような場所であった。

「う……。や、やべぇ……！　もしかしてなんか変な場所を掘りぬいたのか――？」

古い鉱山には、古代のドワーフの隠れ墓所があるなんて聞いたことあるけど、……まさか、『夕闇鉱山』に⁈

足元に散らばる人骨は相当に古く、小柄な体格のものばかり。

一見すれば子供の骨のようだが……。

これって、

「や、やっぱり――ど、ドワーフの墓所なの、か？」

ボロボロに風化したデザインはどことなく、街のドワーフが好んで着ているそれに近い気がする。

なにより、小柄ながらがっしりとした骨格の骨が多数だ。

いやいやいや、じっくり骨を観察してる場合じゃない。

ここはなんかマズいぞ！

「……くそ！」

どうも、変な場所に迷い込んでしまったらしい。

『自動資源採取』は忠実に霊光石を採掘してくれたのはいいが、まさか隠された墓所をぶち抜いて内部にまで入ってくれるとは……。

本当に自動機能《オートモード》はこういったところが危険極まりない。

だが、幸いというかなんというか、踏み荒らした骨の跡がクラウスが進んできた道を示してくれていた。

そうだ。まずは落ち着け。

閉じ込められたわけじゃない……。

「で、出口はある――。落ち着いてゆっくり戻ろう。入ってきたんだから当然出口はあるはずなんだ」

せっかくなので入手した霊光石はカバンにしまい込み、代わりに明かり代わりの魔光石（特大）を取り出す。

「……ダンジョン化した墓所だったらスケルトンに囲まれているところだな――おっかねぇ……」

どうやら、風化した骨が散らばるのみで、アンデッドの類ではなさそうだ。

それでも十分不気味な空間ではあったが……。

し――――――――ん。

静まり返った不気味な墓所をクラウスがゆっくりと歩いていく。

パキリパキリと骨を踏みしめる音だけが深々と墓所に染みわたっていく。

耳を澄ませば何者かの息遣いが聞こえそうな気がするが、ここはクラウス以外は死に絶えた死者の世界……。

「こ。こえぇぇ……」

不安定に揺れる魔光石の明かりが不気味な陰影を作り、不意に何かが飛び出してきそうで気が気ではない。

自動機能《オートモード》で無意識下で動いているクラウスは、ここを一人で来たというのだろうか……。

「傍から見てたら相当おかしいな――」

自分で言うのもなんだが、不用心かつ蛮勇もいいところだ。

「と、とりあえず、今のところ危険はなさそうだけど、慎重に行こう。何が潜んでいるか――」

そうして、ゆっくり進み始めたクラウスだが、

「きゃ――――――!!」

「うぉわ?!」

突如響き渡った悲鳴に飛び上がるほど驚かされることになった。

※　※

きゃ――――――――――!!

絹を裂くような女性の悲鳴。

まるでバンシーの声だ!!

「ぎゃあ!!」

思わず漏れるのはクラウスの野太い悲鳴。

で、ででででで、でた――――――!!

通路内に響き渡った女の悲鳴にクラウスは思わず首をすくめる。

そりゃ、突然自分以外の声が木霊すれば、誰だって驚くだろ?!

しかも、『夕闇鉱山』はクラウス以外には誰もいないはず――――そのうえ、隠された?通路の中だぞ。

だが、果たして、

「きゃああああああ！　誰かぁああああ!!」

パキバキパキキキキ!!

と、激しく骨を踏み荒らしながら曲がり通路の端から少女が飛び出してきた。

「う、うぉぉわっぁああ!!　女の子の霊だ――――!!」

物凄《ものすご》い勢いで走り込んできた少女に驚いてクラウスはわき目もふらず逃げ出す。

「ちょ、ちょっと!　アンタ!　誰が幽霊よ――――って、あああああ、きた――――!!」

ガッシャガッシャ!!

激しい足音を立てるものがもう一人。

だけど、それを確認する間もなく、クラウスは少女から逃げようと狭い通路を右往左往。

「た、たたた、たすけて!　ごめんなさい!　あげます!　なんでもあげますからぁぁあ!」

「ちょ、ちょっと落ち着いて!　って、あああダメ、落ち着いてらんないんだったわ!!」

ガッシャガッシャ!!

「コカカカカカカカカカカカカカ!!」

少女に続いて通路から飛び出してきたのは、鎧《よろい》を身に着けた白骨死体――――……。

「ぎゃあああああああ!!　骸骨!?　骸骨ぅぅぅ?!」

ひ、人の骸骨が動いとるぅぅぅう!

ケタケタと笑う人骨が、武装して通路から飛び出してきたのだ!

これでビビらないやつがいたら、逆に凄いわ!!

って、落ち着け!!

ただのアンデッドだ――――ダンジョン化した墓所にはよくいる……。

「す、スケルトン⁉」

「違うわよ‼　スケルトンナイトよ‼」

正解を教えた後、少女はクラウスともどもさっきの通路の端に追い詰められてしまった。

す、スケルトンナイト？

スケルトンナイトって、たしか――……。

「は、はぁ⁉　それって中級モンスターじゃ……」

「コカカカカカカカ‼」

ひぇえええ‼

スケルトンナイトとは、ダンジョン化した墓所の守り手として、深部に棲息《せいそく》するアンデッドモンスターだ。

主に中級以上のダンジョンにいる魔物で、装備する得物によってその強さが激しく分かれる――。

「――のよ！」

「解説ありがとう‼」

怒鳴るクラウスにビクリと震える少女は、それでも気丈にクラウスを睨《にら》むと、口から泡を飛ばして罵り始めた。

「ちょっと、アンタ！　こんな美少女に向かって幽霊だの化け物だのはないんじゃない⁉」

「は、今そんなこと言ってる場合かよ！　つーか、自分で美少女とか言うなッ！」

見た目は10代前半かそこら。

リズと同じくらいだろうか？

銀に輝く髪に、紅《あか》い勝気な瞳。

そして、体の線が浮き出るようなぴっちりとした革のスーツ。

……チッパイなので、凄いスリム。

ごん！

「いっだ！　――いいいっだぁぁあ!!」

チッこいくせに凄い攻撃力。

「今、いやらしい目つきで見てたでしょ！」

「見てねぇわ！　見るほどねぇだろうが!!」

ごん！

「いっだ!!　いっだぁぁぁあああ!!　今殴る？　ここで殴る？」

「うっさい！　失礼なこと言うからでしょ」

この子、何？

ピコピコ笹耳《ささみみ》を動かして――……薄闇に溶け込みそうな褐色の肌。

あ、

「ダークエルフ?!」

「ティエラよ!!　種族で呼ぶなバーカ！」

いや、そんなこと言われても初対面の人の名前なんて知るかよ――――って、喋《しゃべ》ってる場合じゃねー――!

「カカカカカカカ!」

まるで無視するなと言わんばかりに、スケルトンナイトが剣を振り上げる!

「ちぃ! 行き止まりだなんて――」

「は? 知ってて連れてきたんじゃないのかよ?」

違うわよッ!

そう叫んで、ティエラが背中から二刀を抜き出し目の前でクロスするとスケルトンナイトの一撃を受け止める。

ブゥン!

恐ろしい勢いで振りぬかれる厳《いか》めしい剣!

――ギィン!!

「うぐ……! コイツぅぅ……。並のスケルトンナイトじゃないのよ……!」

ギギギギギギ……。

火花の散る剣と刀。

「コカカカカカッ!」

「な、並のスケルトンナイトなら、中級のアタシが押し負けるはずが――……く、強いッ」

まるで、ただのスケルトンナイトなら倒せると言わんばかりのティエラ。

だが、今の彼女はスケルトンナイトに押し込まれ強がりを言っているようにしか見えない。

ちょ、大丈夫じゃないんだろうけど――。

「ちょ……大丈夫かよ⁉」

「こ、ここは任せて逃げなさい……」

「いや、逃げろもなにも、お前が連れてきたんじゃん」

「イイから早くッ！」

あ、はい……。

言われるままに、そーっと、スケルトンナイトの脇をすり抜けていくクラウス。

「コカぁぁあ！」

グルッ⁉

「ひぇ⁉」

ソロソロと逃げ出そうとするクラウスを見とがめると、グルリと首を捻《ね》じ曲《ま》げて睨むスケルトンナイト。

ティエラとつばぜり合いを続けているため、クラウスを構う余裕はなさそうだが、その空っぽの眼窩《がんか》が「テメェ、逃げんじゃねぇぞ」と言っているかのようだ。

「早くッッ！」

「わ、わかったよ――」

初めて会った少女に怒鳴られながらクラウスは脇をすり抜け少女たちがやってきた方へと走り抜けていった。

その背後では、苦しそうな吐息とともに、剣を弾き、剣戟《けんげき》を繰り広げる音が聞こえてくる。

キンキンッ！　ギィィィイン!!

軽い音、重い音――――次第に重い剣戟の音ばかりが響いてくる。

だけど、クラウスには関係のないこと――……。

「俺に何ができるってんだよ……！」

下級冒険者でしかないクラウスに、スケルトンナイトが倒せるはずが――……。

ここは中級だという彼女に任せた方が、

「――――って、そんなカッコ悪い真似《まね》ができるかよ!!」

女の子一人に任せて、オメオメと逃げ帰って――――どの面下げてリズに「ただいま」って言うつもりだ?!

「ち……！」

すぐに取って返したクラウスは、二刀を使って何とか凌《しの》いでいるティエラ相手に容赦ない攻撃を繰り広げているスケルトンナイトに襲い掛かった。

「おい、骨野郎!?」

「コカッ?!」

グルん!!　とすぐに振り向いたスケルトンナイト。その何も映さない表情に一瞬怯《おび》えるも、クラウスは掛け声とともに切りかかる。

「お前の相手は俺だぁぁぁ!!」

ビュン！　と風を切る黒曜石の短剣がスケルトンナイトの首を狙う！

ガァン!!

しかし、その一撃はスケルトンナイトの古臭い盾によって防がれてしまった。

「うぉ！　コイツ――?!」

ティエラを剣で捌《さば》きつつ、さらにクラウスを盾で相手にしてまだ余裕を感じさせるとか――!!

「ばか！　何で逃げなかったの?!」

「女の子には優しくしろ――って、義妹に常日頃から言われてるんでね、ってうわ！」

くっちゃべっている間に、スケルトンナイト二正面同時攻撃。

剣はティエラを、そして、クラウスには、

「コカカカカっ!!」

どがぁぁあ!!

「ぐぁッッ！」

強烈なシールドバッシュを食らい、壁に叩《たた》きつけられるクラウス。

その一撃で、あばらでも折れたのか激痛が走り、吐血する。

「か、かは……」

い、息ができない……。

「な、なんてこと！　ちょっと、大丈夫⁉」

大丈夫なわけあるか……。

くそ、これが中級の魔物の本当の強さか……。

先日、同様に中級の魔物であるロックリザードを倒せたのは本当に僥倖《ぎょうこう》でしかなかったらしい。

まさか、これほど実力に差があるとは――……。

「だ、だけど……！」

だけど、まだ終わらない。

クラウスには奥の手がある‼

「く……！　動けるなら逃げなさい！　今度はアタシが絶対に押さえ込むから――」

無理だっての……。

どこの誰だか知らないけど、ティエラだって傷だらけじゃないか。それで、逃げろとは片腹痛いぜ……。

「言われなくても……！」

逃げるってのはさ、ティエラの手を借りるまでもないんだよ。

そう。

（――俺にはこれがある……‼）

ブゥン……！

※　※　※

スキル【自動機能《オートモード》】

能力：ＳＰを使用することで、自動的に行動する。

ピコン⇓Ｌｖ１自動帰還は、ダンジョン、フィールドから必ず自動的に帰還できる。

Ｌｖ２自動移動は、ダンジョン、フィールド、街などの一度行った場所まで必ず自動的に移動できる。

Ｌｖ３自動資源採取は、一度手にした資源を、必ず自動的に採取できる。

Ｌｖ４自動戦闘は、一度戦った相手と、必ず自動的に戦闘できる。

※　※　※

「ヘッ……。かつて、有名パーティやギルド、そして騎士団のスカウトさんたちには外れスキルなんて言われてたけど、こんな使い方もあるんだよ――」

クールタイムは終わっている。

いつでも発動可能……‼

――スキル『自動帰還』！

そう。

自動帰還についている特殊な効果——。

『自動帰還』は、ダンジョン、フィールドから「必ず」自動的に帰還できる。

そうとも————『必ず』自動的に帰還できるんだ‼

「ピンチの時はこうやればよかったんだよなー……ゲホゲホッ」

「いいから、はや、く……もう——もたないわ」

ぐ。

言われるまでも、ないッ。

ブゥン……。

※　※

《帰還先：クラウスの家》
⇓帰還にかかる時間「06：45：33」

※　※

「——発《はっ》どぅ………ッ」

そして、家に————……。

リズが待っているあの家に！

　お兄ちゃん……！

「……く」

　お兄ちゃんッッ!!

で、できるわけねぇ…………。

できるわけねぇだろ!!

「できねぇよ!!」

一人で、オメオメ逃げかえれるわけねぇだろ!!

「すまんリズ――……夕飯には間に合いそうもない、」

だけど、
それでも、

「胸を張って『ただいま』って言いたいんだ！　俺は――」

「ば、バカッ!?　に、逃げな」

いやだ！

逃げるもんかッッ!!

「こうなったら出たとこ勝負だ!!」

そうとも、ぶっつけ本番ッッ!!

「――【自動機能《オートモード》】起動ッッ」

ステータスオープン‼

――スキル『自動戦闘』！

ブゥン……。

※　※

《戦闘対象：スケルトンジェネラル》

⇓戦闘にかかる時間「00：13：21」

※　※

おいおい、スケルトンナイトなんかじゃねぇぞコイツ？

なんだジェネラルって。じょ、上級モンスターじゃねぇか‼

いや、

――まぁいいや。

今、大事なことは……。

「はは……。少なくとも13分は戦えるんだ？　下級冒険者の俺が――」

す、スケルトンジェネラル相手に！

ならば、やってみせろ、

――スキル『自動戦闘』！

「何をするつもり！　早く。早く――」

「うるさい！」

俺が相手だ骨野郎ッ！

「早く、逃げなさいッッ！」

そのティエラの悲痛な声を最後に、クラウスの意識は飛ぶ。

気絶でも、ましてや逃げたわけでもない。

自動で、戦うために……。

一度戦った相手と、必ず自動的に戦闘するために!!

「自動戦闘、発動ッッ」

フッと、いつもと同様に意識が飛ぶ――……………そして、気付いたときには、

「ブハッ！　ぶはぁっぁああ！」

げほ、ごほ!!

ガツンと殴られたような衝撃とともに、クラウスはガクンと膝をつく。

そして、目の前には――……。

「うそ……だろ？」

ガラガラと音を立てて崩れ落ちていくスケルトンジェネラルの姿があった。

その眼窩が、もはや敵意すら灯《とも》さず本物の骨に成り下がり、足元に散らばる白骨の一つに交じってしまった。

※　※　※

クラウス・ノルドールのレベルが上昇《レベルアップ》しました
　クラウス・ノルドールのレベルが上昇《レベルアップ》しました
　　クラウス・ノルドールのレベルが上昇《レベルアップ》しました
　　　クラウス・ノルドールのレベルが上昇《レベルアップ》しました
　　　　クラウス・ノルドールのレベルが上昇《レベルアップ》しました

※　※　※

「た、倒し……た？」

ビキッ……。

「グッ……」

猛烈に胸が痛み、口からは血の筋が垂れる。

どうやら倒したようだが、先の戦闘で負った傷はそのままのようだ。

しかも、無意識下に相当無茶な機動をしたのか、全身の筋肉が悲鳴をあげている。

「い、いてぇ……」

ヨロヨロと、腰のポーション入れから回復薬を取り出すと、音を立てて飲み干すも、気休めもいいとこだ。

いつも持ち歩いているのはちょっとした怪我《けが》を治す程度の下級ポーションなので、疲労回復効果も内臓損傷を回復させる効果も薄い。

「あ、そうだ……ティエラ！」

自分のことばかりで、あのダークエルフの少女のことをすっかり忘れていた。

ふと彼女が戦っていた場所を見れば。ぐったりとした少女の身体《からだ》がある。

それはピクリとも動かず……。

「嘘《うそ》だろ⁈　おい。おい‼　ティエラ‼」

「うるっさいわねー……。生きてるわよ」

ゲホゲホと、彼女も血を吐きつつ、気丈にも立ち上がると、「ぺっ」と反吐《へど》を床に落とす。

「……そんなんじゃなくて、これ。飲みなさいよ」

そうして、自分と――クラウスにも綺麗《きれい》なラベルの貼られた薬瓶を渡してくれた。

「アンタ、そんな安物じゃ、帰るまでに死ぬわよ？」

「お、おう」

…………なんで、上から目線なのよ？

そう思いつつも、貰《もら》ったポーションを飲み干せば、立ちどころに痛みが引いていく。

つまり、そうとうにお高いもの――――……。

こ、これ⁉

「高級《ハイ》ポーション⁈」

「当たり前でしょ？　これくらい、冒険者なら持ち歩きなさいよ」

無茶言うなよ……。

一本あたり金貨1枚だぞ⁈

「……下級冒険者に出せる金額だと思うのか？」

「アンタのどこが下級よ？　よくもまぁ、スケルトンナイトを倒せたものね――アタシでも苦戦したのに」

スケルトンナイトだって？

「……ちげぇよ、こいつはスケルトンジェネラルだっつの」

「は？　そんなわけないでしょ――――いくらなんでも、上級冒険者でも苦戦するジェネラルクラスをアンタごときが倒せるわけないじゃん」

アンタとか、ごときとか……！

「倒しましたー。討伐証明ありますぅー」

「あーはいはい。言ってなさい」

ふん。

生意気な女だなー。

「…………っていうか、ティエラ、あんた中級冒険者だよな？」

「そーよ。結構なベテランなんだから」

あっそ。

「そのベテランの中級がここで何やってるの？　ここ『夕闇鉱山』だよ？　下級も下級……ド新人が来るとこなんだけど？」

ギク。

「何だ、今の音」……ギク⁇

「お、おおおおおお、音？」

「いや、ほら、ギクって音しなかった？」

「してないしてないしてないよー‼　ギクってオトナンカシテナイヨー」

ブンブンブンと高速で首を振るティエラ。

「あ！　アタシそろそろ、人を待たせてるので――」

「は？　『夕闇鉱山』で人？　待ち合わせ……？」

あからさまに挙動不審になり始めたティエラ。

目がキョロキョロと泳ぐ。

「あ、いや、ほら……！　あ‼　あ、あれなーんだ‼」

「へ？　ん？」

ティエラがクラウスの背後を指さしたので思わず振り返ると、

「さいなら――――！」

「あ。ちょ‼」

シャッ‼　と目にもとまらぬ速さで駆け抜けていく少女の影！

登場した時とは打って変わって物音すら立てずに、骨の道を走り抜けていった。

「待てよ――――――……って、もういねぇし」

なんだったんだアイツ。

「…………帰ろ」

よくわからないが、ひどく疲れたクラウスはガックリと肩を落とし、ドロップ品を掻《か》き集《あつ》めて墓所を這《は》い出《で》た。

出てきた先は、分厚い岩盤に覆われた発掘坑であり、どうやら、自動資源採取中のクラウスが自分で掘り抜いたらしいが……。

「『自動資源採取』――危険すぎるわ」

便利で効率的なスキルだが、本当に命を落としかねない。

使い方をもっと研究しないと、次こそ死んでしまう。

「はぁ、まぁ……収穫があったので良しとするか」

キラリと輝く、超大粒の霊光石を『夕闇鉱山』の魔光石の明かりにかざす――。

『夕闇鉱山』の入口まで戻ったクラウスは正真正銘の安全地帯でドロップ品を眺めつつ、乗合馬車の到着を持つのだった。

※　本日の成果　※

〜ドロップ品（討伐証明）〜
ケイブスパイダー触肢×15
スケルトンジェネラルの下顎×1

〜ドロップ品（素材）〜
ケイブスパイダーの糸袋×15
ケイブスパイダーの毒腺×15
スケルトンジェネラルの頭蓋骨×1
スケルトンジェネラルの大腿骨《だいたい》×2

〜ドロップ品（装備品）〜
スケルトンジェネラルの大剣×1
スケルトンジェネラルの大盾×1
スケルトンジェネラルの兜《かぶと》（破損）×1

スケルトンジェネラルの鎧（破損）×1

～ドロップ品（魔石）～
魔石（極小）×2
魔石（特大）×1
青の魔石（中）×1

～採取品（鉱石類）～
魔光石（極大）×1
魔光石（特大）×3
魔光石（大）×200
霊光石×1

※　※　※

レベル：32
名　前：クラウス・ノルドール
スキル：【自動機能《オートモード》】Lv4

Lv１⇓自動帰還
Lv２⇓自動移動
Lv３⇓自動資源採取
Lv４⇓自動戦闘
Lv５⇓？？？？

●クラウスの能力値
体　力：255（UP！）
筋　力：156（UP！）
防御力：138（UP！）
魔　力：79（UP！）
敏《びん》捷《しょう》：166（UP！）
抵抗力：54（UP！）
残ステータスポイント「＋22」（UP！）
スロット１：剣技Lv４（UP！）
スロット２：気配探知Lv３
スロット３：下級魔法Lv１
スロット４：自動帰還
スロット５：自動移動

スロット６：自動資源採取
スロット７：自動戦闘
●　称号「なし」

※　※　※

ガラガラガラガラガラ……。

「ん……？　ふぁああ――――ついたのかな？」

雑踏の音に意識が覚醒するクラウス。

ゴキゴキと首を鳴らしながら起き上がれば、すでに同じ馬車の中には誰も乗っていなかった。

「よく寝てたなーあんちゃん。乗合が下級冒険者ばっかりだからって、置き引きの危険性もあるんだから気をつけな」

「あ、そ」

いつもの御者の爺《じい》さんが、いつものお節介を焼く。

たしかに、不特定多数を乗せる乗合馬車では置き引きをする不届き者が出てもおかしくはないが、それはちょっとばかしなかなか難しい。

泥棒を働こうものなら、即――冒険者間で情報が共有されてしまう。

その一回こっきりは見逃されたとして、次はだれがそんな奴《やつ》と組むというのか。

噂《うわさ》とは怖いものだ。

「アイツ、仲間から置き引きしたんだぜ――」なんて言われてみ？　絶対そんな奴と組みたくないよね？

……と、まぁ、そういうことだ。

そして、クラウスがソロをしている理由でもある。

もちろん、クラウスが置き引きをしたわけではない。……言うまでもなく、ソロをしている理由は、外れスキルのベテラン下級冒険者だからだ（いわゆる、パイセンである）。

まぁ、冒険者をやめてもいいくらい高価なものなら、盗まれる可能性も無《な》きにしも非《あら》ず――。

……って、

「やば!!」

慌てて荷物を確認するクラウス。

（ひぇぇ、結構高価なもの持ってたよ、俺!!）

命をかけてGETした代物。

スケルトンジェネラルの素材と装備――そして、大粒の霊光石――……!

どれもこれも、金貨うん枚分の値打ち物のはず。

「む――――!　あ、あったー」

よかった。あぶないあぶない、ホントそういえば高価なもの持ってたわ……。

「はぁー……。あんちゃん……。悪いことは言わねぇ、別の仕事探した方がいいぞ？」

「は？」

「……こういうのもなんだが、冒険者向いてないんじゃないか？」

「急になんだよ？」

チラリと爺さんの視線を感じる。

「たかだか『夕闇鉱山』……。下級ダンジョンに潜るたびにボロボロになってくるんだ……。自分でも向いてねぇってわかってんだろ？」

いやいや……。

下級冒険者が、上級モンスターと戦えばこうなるって。

「余計なお世話だよ――」

クラウスはそう言い捨てると、勢いをつけて馬車を降り目の前のギルドの戸を潜った。

「あ」

「どうした？　忘れ物か？」

「爺さん、俺より前に『夕闇鉱山』に冒険者を乗せてった？　……ダークエルフの女の子とか」

「女の子？　……いんや？　ダークエルフの女の子なんて、珍しいの乗せてたら忘れるはずないぞ」

そりゃそうだ。

「あ、っそ。いいや。忘れてくれ」

そうだよな。何者か知らないけど、中級冒険者がこっそり俺の後をつけてきた、なんて話ある訳ないよな。

ギルド関係者の爺さんが知らないなら、ただの通りすがりの冒険者だろうさ。

「おう。じゃあ、転職のこともちゃんと考えとけよ――――あ、」

爺さんが何か言いかけていたが、小言を聞くのはうんざりなので後ろ手に手を振りさっさとギルドの中に入ってしまうクラウス。

しかし、その後で爺さんの言った一言を、…………聞くことはなかったようだ。

「――あー……そういや、女の子は知らんが、いいいい年したダークエルフなら知っとるぞ、って聞いちゃいねぇか」

ダークエルフ。

長命の種族で、見た目は年齢と決して一致しない…………。

※　※

そして、ギルドのカウンターにて。

「…………な、な――」

プルプルと震えるテリーヌさん。

ん……？

「なんですかこれは――――!!」

ビリビリとギルドが震える大声量。

「ひぇ?!　お、俺なんかやっちゃいました?!」

「やっちゃいましたか――じぇねーわ!!　そんなセリフを吐くのは100年早いっつの！」

うわお、テリーヌさん、キャラ変わりすぎじゃね??

「ど、どどど、どこで手に入れたんですか!!　――これ!!」

これ?

これって……。

「これ?」

大粒の霊光石。

「ちょ、そんな粗末に扱わないでください！」

慌てたテリーヌがワタワタと霊光石を掴《つか》みとろうとする。

「霊光石ですよ！　霊光石!!　し、しかも。こ、こここ、こんな大きい霊光石ッ。い、いったいどこで――あ、」

「ちょっとテリーヌさん！　声！　声ぇえ、あ」

あー……。

し――ん。

ざわ。

ざわざわ。

あっという間にざわつくギルド。

暇な冒険者が顔を突き合わせてヒソヒソ。

「霊光石？」

「霊光石ってあの？」

「うそ、デッカイ!!　あれって、魔光石じゃないの?!」

ざわざわ！

ざわざわ!!

やばいやばい！

噂広まっちゃう。

「あわわわ……。て、テリーヌさん、声ぇ。声大きいですって！」

「あちゃー……てへ」

てへ。じゃねーよ!!

可愛《かわい》くねぇわ!!　歳《とし》を考えろ。――「あんだとぉ！」

……ほらぁ、俺めっちゃ怪しい人になってるじゃんよ!!

この展開って、絶対あの人来ちゃうから!!

――ガチャ。

ほらぁ!!

「テリーヌ……。そして、クラウスさん。COME ON《カモォォォオン》」

クイクイ。

奥の扉が開いて、ギルドマスターのサラザール女史が顔を出す。

そんでもって、親指でクイクイと、中に入れというジェスチャーだ。

「ですよねー」

「ねー……」

やばいな。そろそろ、「たまたま」の言い訳ができそうにない――――。

「……とほほ」

「は～い。1名様、ご案内～」

ガックリと項垂《うなだ》れたクラウスを連行するようにガッチリとテリーヌさんが脇を抱える。

とぼとぼ……。

ガチャ、ドサッ。

「ほら座って」

「あ、はい」

ドスンと割と力を込めて椅子に座らされるクラウス。

(……なんだ、これ)

取り調べ室よろしく、ソファーに押し込められるクラウス。

正面にサラザール女史。そして、その背後にはテリーヌが仁王立ちだ。

「で――――どこで？」

「たまたまです」キリ。

即答するクラウス。

「いえ。場所を聞いているんですけど」

「たまたま、『夕闇鉱山』で――」

たまたまです。

「へー…………たまたま霊光石をねー。タマタマ、ユウヤミコウザンデレイコウセキみつけちゃいました～ってか？」

「いや、だって……」

本当に、たまたまだもん。

あるなんて思ってないもん。

「はぁ……。あのですね。この大きさの霊光石の価値を知ってますか？　クラウスさん」

「えっと……。魔術師が杖《つえ》とかに使ってるやつですよね？　たしか、金貨１枚くらいじゃ――」

ニコッ。

ニッコリ笑うサラザール女史。なぜか笑顔に黒い影が見える。

（え？　なんで笑顔⁉︎）

「――そうですね。下級の魔術師が使う魔法杖《スタッフ》に使われる霊光石なら、そのくらいですね――ちょっとした墓所でも取れるのでそこまで珍しいものではないです」

……でしょ？

「────小指程度の大きさならね」

「はぁ?」

テーブルの上で輝く霊光石はこぶし大。

「わかるかしら?」

コツコツコツ────。

「すごく……大きいです」

「そーよねぇ。おっきいわねー……つまり、」

指でテーブルを叩くサラザール女史がまるで、出来の悪い生徒に教えを施すようにして、少しため息をつく。

「クラウスさん。────……アナタも見たことあるんじゃないかしら。ドラゴンと闘う勇者たちに付き従う、ひとりの魔法使いの絵物語なんてのを」

いきなりなんだ?

「え? まぁ……子供の頃に?」

確か、おとぎ話の一種だ。

どこかの国に現れた悪いドラゴンを、国の一番の戦士が『勇者』として、仲間を率いて倒すというやつ。

母さんが元気で、親父《おやじ》がいた頃は、毎晩寝る前にせがんだ覚えがある。

「──で、ね。あの魔法使いが持ってる杖に付いているのって、霊光石なのよ。特大の奴で、かの強大な魔法使いの魔力を増幅し――何倍もの威力の魔法を使う魔力伝導率のとっっっっっっッても高い、超すご――――――い、全魔法使い垂涎《すいぜん》の石なの」

へぇ。

「へぇ――――じゃないわよ？　これ、それに匹敵するくらいの大きさなんだけど」

「…………………へ？」

「だから、へ。じゃないから」

いや、「へ」でしょ？

『夕闇鉱山』で伝説クラスの霊光石が取れたとか。

いやいやいやいや。

何言ってんのこの人？

「――えっと、つまり。…………まるで、おとぎ話に出てくるような伝説クラスの杖に使われていた材料に匹敵するものを、俺が取ってきたみたいな言い方なんですけど？」

「いや。みたいな言い方――なんじゃなくてね、……まるで伝説とまではいかなくても、そ、そこそこ近いクラスの巨大な霊光石を取ってきたのよ――あなたが」

へ、へぇ…………。

――――へ？

「……へっ⁉」

そ、それってつまり――――。

…………。

……。

え、

「…………ええええええええええええええええええ!!?!??」

メギャ────ン!!　と驚愕《きょうがく》するクラウス。

「そうそう。その反応が見たかったのよー。思ったよりうるさかったけど……」

ズズズーと、テリーヌが用意した茶をすするサラザール女史。

「う、え、うぉえ?!　ま、マジ？」

「マジ」

いや、初老の域に達しているサラザール女史が若者言葉を使うのがすっげぇ違和感あるけど。

……あるけどぉ！

それだけに、真実味が増して聞こえる。

「うそぉん…………。ち、ちなみに、お高い？」

「──お高《たか》いわねー…………。マンドラゴラの比じゃないわよ」

マジ、かよ。

250枚より高いとかどんだけぇぇぇぇ!!

「で、一応聞くけど。これどこで手にいれたの？　──たしか、『夕闇鉱山』に行ったんじゃなかったの？」

「あ――――はい。ホントのホントにそうです。鉱山の奥に、なんつーか墓所みたいなのがあって、その奥に……」

はて…………？　と、サラザール女史が首を傾《かし》げる。

「えっと、『夕闇鉱山』の奥の墓所、ですか⁉」

テリーヌさんと顔を見合わせるサラザール女史。

「そんなの聞いたことないわね？」

「は、はい……。たしか、あの廃鉱がダンジョン化して、現在の魔光石鉱山となって随分と経《た》ちますが……」

なんだろう。

「うーん。……もしかすると、あそこを開山したドワーフの墓所を掘り当てたのかもしれないわね。古代のドワーフ一族の中には、鉱山をそのまま墓所とする一族もいたらしいから」

「だとすると、持ち主不明の鉱山ですよ？　――墓所になって少なくとも１０００年は経っているのでは？」

あー…………。

１０００年か。

どーりで、デッカイ霊光石があるわけだ。

墓所で採れる霊光石は人の霊魂が結晶化したものという話があるけど、あながち嘘でもないということか。

………そりゃ、あれだけの数の死者の霊魂が１０００年以上も狭い墓所で閉じ込められてりゃ、デカい結晶にもなるわな――。

「詳しい調査が必要ね――後で場所を教えてくれるかしら？」

「えぇ、まぁ――」

スケルトンジェネラルが湧くような恐ろしい場所だ。

何らかの対処をした方がいいだろう……。

そうしてクラウスは、発見した墓所の場所を地図に記載して、今日のところは解放してもらうことに。

さすがに、巨大霊光石は、そのままの価値でギルドで換金することができないということで――

いつものように下取りギルド価格。

ちなみに、末端価格は金貨換算で６００枚……。

で――。

「ろ?!　６００枚?!」

「ええ、変動もあるでしょうけど、概《おおむ》ねそのくらいよ？」

な、

「なん、だと……？」

「あら？　不満??」

ぶんぶんぶん。激しく首をふるクラウス。

いや、もう――ビビってるだけです。

「それで、今回も魔石で支払いたいところだけど……。生憎《あいにく》と前回ほとんどアナタに引き渡してしまったの。小さいのならいっぱいあるけど、さすがに……ね」

「え……。じゃあ、霊光石の引き取りは――……」

「大丈夫よ」

もしかして、引き取り不可能とでも言われるのではないかと思い、タラリと汗を流す。

正直、末端価格とはいえ、金貨換算で６００枚なんて代物を家に持って帰りたくない――。

（ど、どうしよう……）

――って、

「え？　今大丈夫って……？」

「ええ、大丈夫。こんなことも2回3回《たまたまが》はあろうかと思って――ちゃ～んと、お金を用意しておきました」

わーお。俺マークされとるやん。

「はい。金貨１００枚よ。……末端価格なら、６００枚ほどだけど、さすがにこの大きさの霊光石を扱える工房は限られてるから、需要はそこまで多くないの。どうします？　こちらにお売りいただけるなら、一応、ギルド貢献度には色をつけておきますけど――ウチに卸しますか？」

言外に、「テメェじゃ、捌《さば》けねぇだろ。お?!」と言われているようだ。

当たっているけど……。

買い叩かれているような気もするが、これを売る伝手《つて》もなければ、度胸もない。

それに、金貨100枚もたいした大金だ。

チラリ。

スーと、盆に積み上げられた金貨の山。

(ゴクリ……)

それを見て、断るなんて言えるはずもない。

「お、お願いします……」

「どうぞ。テリーヌ」

「はい。こちらが報酬の金貨100枚になります。……ちゃんと確認してくださいね!」

あ、はい。

かなりの大金だ。さすがのテリーヌさんも手が震えている。

ひーふーみーよー……、あ、100枚あるわ。

ギルドでも滅多に支払うような金額じゃないはずだ。金貨1枚でも大金なのだから……。

それがなんと100枚。

「あと、もし魔石が欲しいのでしたら、適正価格で売ることになりますけど、……今回も買いますか?」

「あ、お願いします」

先日は魔石(大)で1個金貨5枚だったけど、それは下取り価格でギルドが売ってくれたからだ。

実際に買うともっとお高い。

「では、こちらを――ひとつ、金貨20枚になります」

「じゃ、じゃあ全部……」

昨日の４倍か。

だけど、店で買えばもっとするっていうしな……。

「はい、どうぞ」

そして、金貨１００枚がスーと戻され、木箱に入った魔石（大）が５個差し出される。

「昨日も使いましたよね？　さすがに、短期間でそれだけの魔素を吸収するのは危険かと思いますよ。なるべくなら、短期間の大量使用は控えてくださいね。……忠告を守らないと、どうなっても知りませんよ」

え？

どうなるの？

「破裂するわ」

「こわっ!!」

茶ぁーすすりながらサラザール女史はこともなげに言う。

――何が破裂するの?!

頭？　腹？　膀胱《ぼうこう》？　感情?!　喜怒哀楽?!

「…………それにしても、スケルトンジェネラルとはね。よく倒せましたね？」

いや、聞けよ。

同時にテーブルに置かれた討伐証明のスケルトンの下顎を矯《た》めつ眇《すが》めつ見るサラザール女史。

「え、ええ。その……一人では無理でした。――援軍がいたんです」

ピク。

「援軍？　でも、クラウスさん、あなた確か……」

「は、はい。自分もソロでダンジョンに潜っていたつもりだったんですけど、たまたま通りすがりの中級冒険者がいて、援護してくれたんです」

まぁ、ほとんど相手になってなかったけど。

彼女がいなければ、霊光石を取った後に、あの墓所の奥でクラウスが単独でスケルトンジェネラルと鉢合わせしていた可能性は高い。

「へー。中級冒険者がたまたま、ね」

チラリと視線を向けられたテリーヌがビクリと震えるも、すぐに感情を消して瞑目《めいもく》する。

「そうねー。そんなたまたまも、たまにはあるかもね」

「ええ、たまたまです」

だって、ほんとだもん!!

うふふふふふ。

あはははは。

どちらも腹に一物を抱えた乾いた笑い。

「じゃ、じゃーこれで！　い、いつものように他のドロップ品は換金でお願いします」

「もちろんよ。それにしても実績も随分溜《た》まってきたので、もう少し貢献していただければ、中級への昇級も見込めますね」

そう言ってギルドマスターの顔になって、上品に微笑《ほほえ》むサラザール女史。

「きょ、恐縮です……。精進します」

「期待しているわ――」

そしてサラザール女史とテリーヌの見送りを受けてクラウスはギルドマスターの部屋を後にする。

バタン…………。

「ティエラ」

「……は、はい」

スゥと、部屋の隅から現れたのは一人の少女。

あのダークエルフの少女だ。

「――……何をやっているのですか？　どうして姿を見られたんです？」

「す、すみません……。あ、あの男が鉱山に入ってから妙な行動を始めて――そして後を追った際に、突如スケルトンナイトが襲ってきたんです」

そういって、シュンと耳を垂れさせながら謝るティエラ。

「はぁ……それしきのことで。テリーヌの紹介だから期待していたんだけど……わかってるわね？　二度はないわよ」

「は、はい!!」

なんとかこの場は収めてくれるらしい。

とはいえ、二度はない。そもそも、二度も下級冒険者の狩場で、ティエラがクラウスと出くわせば、いくらクラウスが鈍感でも訝《いぶか》しく感じるだろう。

そうならないためにも、これ以降は絶対に見つかるわけにはいかない。

「まぁ……おかげでクラウスさんの命も助かったみたいだし、不幸中の幸いね」

「ありがとうございます！　──で、ですが」

不意に食い下がるティエラ。

「何かしら？」

「そのぉ。スケルトンナイトを倒したのは私ではありません」

「え？　でも、クラウスさんは援軍のおかげと言っていましたよ？　アナタのことですよね？」

「そ、それは間違いないですが……。その、」

少し言いよどむと、

「じ、じつは中級の魔物にしては手ごわくて、苦戦していたところ……。あの男が強襲し、……結局、一人で倒してしまったのです」

そして、すみません、と再び謝るティエラ。

しかし、サラザール女史はそのことには目もくれず、ガバリ！　と顔を上げると、目を大きく見開いていた。

「ちょ、ちょ、ちょっと。そ、それは本当⁈　アナタが倒したんじゃないの⁈」

「いえ、手も足も出ず……。申し訳ありません――たかがスケルトンナイトごときに」

ちょ、ちょ……。

「ちょっと待ちなさい。そもそも前提が違うわ。あれは――いえ、アナタが交戦したのは間違いなくスケルトンジェネラルよ。上級モンスターだから苦戦して当たり前なの」

「は？　いえ、まさか、『夕闇鉱山』ですよ？　いたとしてもスケルトンナイトが関の山では――」

コトン。

ティエラの前に置かれたのは、クラウスが討伐証明として置いていったスケルトンの下顎だ。

何の変哲もないものだが……。

「ティエラ。これは間違いなくスケルトンジェネラルのものよ、断言できるわ」

「そ、そんな‼　だ、だって、――えええ⁈」

「ふぅ…………詳しく話を聞かせて頂戴」

下級冒険者が、上級モンスターを圧倒した。

そのことの意味を当のクラウスは知らない――。

※　※　※

本日の成果――。

～換金額～
金貨×33
銀貨×1063
銅貨×45
～換金商品（魔石）～
金貨×100⇓魔石（大）×5　購入済み

※　※　※

『夕闇鉱山』のクエスト。

『魔光石の採掘』依頼書1枚あたり、魔光石20個――それを10枚分も達成だ。

冒険者認識票に蓄積される実績は下級クエストでも、（比較的簡単なものではあるが）一日で達成する量としては破格のもの。

しかも、ドロップ品や魔光石（特大）と（極大）の追加報酬は、きちんと銀貨で支払われた。

「ありあとあした～！」

「ほーい。じゃ、あとはよろしくお願いしま～す」

テリーヌがギルドマスターの部屋から出てこないので、他のやる気のなさそうなギルド職員からドロップ品の換金を受け取ると、ホクホク顔のクラウス。

ジャリーン……♪

〆《しめ》て金貨で43枚と銀貨で63枚と銅貨45枚だ！

［内訳は、スケルトンジェネラルの素材が金貨30枚で、ケイブスパイダー素材が銅貨45枚、青の魔石が金貨３枚で、クエスト成功報酬が魔光石（大）２００個分の銀貨１０００枚＝金貨で10枚。それと、追加のデカい魔光石が銀貨63枚］以上なり！

「す、すげぇな……。マジかよ」

今日も今日とて、すさまじい稼ぎだ……。

「これだけありゃ、いい剣の１本や２本買えるな――……いや、でも、この前買ったばっかしだしな～」

うむむと、頭を悩ませながらパンパンに膨らんだ財布を抱えるクラウス。

「………ま、そのうち、もっとレベルが上がったら考えようかな」

とりあえず、貯金の方向で――と、いったん保留し、その足でギルドのレンタルコーナーに顔を出していた。

なぜレンタルコーナーか？

そう。ここに顔を出したのは、とある理由から。

それを思いついたのはクエストの最中のことだったが――。

「……いらっしゃい」

愛想の悪そうなギルド店員に迎えられ中に入るクラウス。

そのまま、カウンターを素通りし、ブラブラと店の中に足を踏み入れると、目をキラキラと輝かせながら飾られている武器防具を眺める。

——男の子なら誰だってわかるでしょ？

ほらほら、見てみてー！

武器ですよ！　武器!!　武ぅ器!!

「うわ、高《たっか》そー」

『アダマント』のメイスに、『オリハルコン』のクレイモア《大剣》。

『白金《プラチナ》』のブレスレットに、ベヒモス皮の小手。

それらの触れたこともないいい物を手に取るクラウス。

「ほ～……。こりゃ、精霊石の魔法杖か……」

精霊魔法の媒体に適した精霊石を使った魔法杖。

装飾はシンプルだが、キラキラと輝く精霊石が美しい——……。

今までは、万年下級冒険者ということもあり、遠慮してレンタル品には手を出していなかったが、今は事情が違う。

年嵩《としかさ》のギルド職員が「冷やかしはごめんだよ！」とばかりに、ジーッ……とクラウスを見る厳しい視線に気付かないふりをして、手当たり次第に試着に、試し切り。

ベタベタと触りまくる。

「おー……。これが——ミスリル製か～」

最後に手に取ったのは、軽くて丈夫な『ミスリル』製のダガー。
店内の照明を受けて、ヒィィイン！　と刃先まで光が滑る。
「こーゆーのが欲しいなー……」
でもお高い……。
すっごくお高い。
レンタルで金貨500枚の保証金に、一日のレンタル料が金貨1枚。
――はい、無理ー。
「ま、コイツを手に入れるのは、おいおいとして……」
――よし、そろそろいいかな？
下級冒険者のクラウスがベタベタと装備品を触るのを、ジッと見張るギルド職員。
（と、盗《と》りゃしね～から……）
だけど、こっそり……。
「（ステータスオープン）」――ボソッ
ブゥン……。

※　※

《採取資源を指定してください》

●草木類
●鉱石類←ピコン
●生物類
●液体類
●その他

※　※

《採取資源を指定してください》
●鉱石類
⇓魔光石（小）（中）（大）（特大）（極大）、
浮力石、魔鉄、霊光石、叫声石、猫啼石《ねこなき》、
オリハルコン（ＮＥＷ！）、
アダマント（ＮＥＷ！）、
精霊石（ＮＥＷ！）、
ミスリル（ＮＥＷ！）、
石炭、水晶、琥珀《こはく》、鉛、錫《すず》、ニッケル、鉄、鋼、銅、銀、金、白金（ＮＥＷ！）、ｅｔｃ．
⇓砂岩、泥岩、礫岩《れきがん》、凝灰岩、玄武岩、花崗岩《かこうがん》、閃緑岩《せんりょくがん》、角閃岩《かくせんがん》、緑色岩、岩塩、ｅｔｃ．

⇓魔石、人骨、獣骨、魔物の骨（下級）（中級）、ドラゴンボーン、ｅｔｃ．

※　※

イェス‼

き、
きた‼

きたきたきた――――‼

「来た――――――――‼」

「……あ⁉」

突然奇声をあげるクラウスを訝しく見るギルド職員。

おっと、

「ごほん、ごほんッ。ナンデモナイデスヨー」

（危ない危ない。別に万引きしたってわけじゃないんだけどさ……）

こっそり、資源採取のために高価な素材にタダで触れるというのもなかなか心苦しくもある。

ちょっぴりズル臭いし……。

（って今さらだよな。……いやいや、そんなことより――）

よっしゃ――！　ミスリルとオリハルコンが採掘できるぞ！

さっそく検証――……!!
『自動資源採取』、起動ッ！
ブゥン……！

※　※

《採取資源：ミスリル×１》
⇓採取にかかる時間「１２５：２３：１２」

※　※

《採取資源：オリハルコン×１》
⇓採取にかかる時間「１８２：４４：３１」

※　※

はい、遠い～！

「うん……うん、まぁわかってた――」

オリハルコンやミスリルがそんなにホイホイ採れるわけないってことくらい。

ま、

「採掘できるようになっただけマシかな」

少なくとも、一度触れさえすれば資源が採取できるようになったので良しとしよう。

それを確認したクラウスはレンタル装備を棚に戻し、「へへへ……」と愛想笑いをしてレンタルコーナーを抜けていった。

まさか、初素材をインストールするために触れていたとは言えず――。

「今度はご用命を～」

「あ、はい」

やけに「今度」を強調するギルド職員。

クラウスはその目から逃げるようにギルドを退散した。

「さって、飯食って今日は休もうかな。スケルトンジェネラルとの激戦で、なんか体の節々が痛いし……」

実感は全くないものの、『自動戦闘』では、相当無茶をしていたらしい。

ティエラに高級ポーションを貰っていたからいいようなものの、下手をしたら筋肉痛だとかで動けなくなっていたかもしれない。

「はぁ、今日は魔石を使ったら早く寝よ。リズー、お兄ちゃんが帰ったぞー」

ガチャ……！

「遅いッッ!!」

「ふぉぉあ?!」

家に帰ってそうそう、可愛い義理の妹にズビシ！　とオタマを突き付けられる。

「私言ったよね？　夕飯までに帰ってきてッて！」

「さーせん」

「口の利き方～～～～!!　誠意がなぁぁぁい――――!!」

「おっふ。ごめんよ、可愛いＭＹシスター」

なでなで。

「か、可愛いだなんて……えへへ」

チョロ～い……――。

「も、もうー。ご飯温めなおすから、先にお風呂済ましてきてね！」

「ほーい」

怒った顔がなんとやら。

クラウスにタオルを渡すと、パタパタと足音を立ててキッチンに戻るリズ。

家中にいいにおいが充満しているところをみるに、食事をせずに待っていてくれたようだ。

ごめんよ、リズ。

だけど、お兄ちゃんは冒険者なんだ！

夕飯にまにあわないこともある――――許せッ!!

……というわけで、風呂に入りながらの――――――。

レベルア――――――ップ!!

ざばぁ！　とお湯を頭からかぶりつつ、クラウスはギルドで購入した魔石と、スケルトンジェネラルから入手した魔石を一気に使用する。

パキリと音を立て魔石が割れ、あふれ出た魔素がクラウスに染み込んでいく。

「お、おぉ……」

※　※　※

クラウス・ノルドールのレベル《レベル》が上昇《アップ》しました
クラウス・ノルドールのレベル《レベル》が上昇《アップ》しました
クラウス・ノルドールのレベル《レベル》が上昇《アップ》しました
クラウス・ノルドールのレベル《レベル》が上昇《アップ》しました
クラウス・ノルドールのレベル《レベル》が上昇《アップ》しました
クラウス・ノルドールのレベル《レベル》が上昇《アップ》しました

※　※　※

「ろ、６レベルアップかよ……。魔石（特大）すげぇ……」

レベルが上昇してきたためだろうか。

魔石（大）から得られる魔素が物足りなくなり始めている。

今のも、肌感覚的には４個使ってようやく２～３レベルアップ。１個ではもはや足りないらしい。

だが、スケルトンジェネラルから得た魔石（特大）は、一気に３レベル以上の上昇だ。

「おおー。こ、これからは積極的に上級モンスターを狩ってもいいかなー」

なんて、皮算用しつつも、スケルトンジェネラルの魔石（特大）を使って魔素を吸収したことで、不意に鉱山奥の戦闘を思い出し身震いする。

（……無理無理）

『コカカカカカカカカカカカッ！』

高笑いする骸骨面を思い出し、ブルリと身震いする。

……あれは運がよかっただけだ。

ティエラがいなけりゃ、通路の奥で狩られていたのはクラウスだろう。

「そ、それよりも――……」

※　※　※

レベル：38（ＵＰ！）

名　前：クラウス・ノルドール
スキル：【自動機能《オートモード》】Lv４
Lv１⇓自動帰還
Lv２⇓自動移動
Lv３⇓自動資源採取
Lv４⇓自動戦闘
Lv５⇓？・？・？・？

●クラウスの能力値
体　力：２８５（ＵＰ！）
筋　力：１８０（ＵＰ！）
防御力：１５４（ＵＰ！）
魔　力：93（ＵＰ！）
敏　捷：１７８（ＵＰ！）
抵抗力：64（ＵＰ！）
残ステータスポイント「＋40」（ＵＰ！）
スロット１：剣技Lv４
スロット２：気配探知Lv３
スロット３：下級魔法Lv１

スロット４：自動帰還
スロット５：自動移動
スロット６：自動資源採取
スロット７：自動戦闘
●　称号「なし」

※　※　※

「うーむ……スキルポイント40かー」

パンツ一丁でウンウンと唸《うな》るクラウス。

髪からはポタポタとお湯が滴《したた》る。

「──次の【自動機能《オートモード》】の習得はおそらくスキルポイントが『＋80』必要になるだろうな……。それまでどうしようか……」

【自動機能《オートモード》】一筋で貯《た》めておくか。

それとも、コモンスキルを習得するか……。

下級のコモンスキルなら習得ポイントは少ないし、なにか取ってもいいかもしれない。

あるいは、そろそろスロットが手狭になってきたし、スキルポイントを使用してスロットを拡張してもいいかもしれない。

うーむ……。

それとも、ステータスに振るか。

筋力なんかはともかく、抵抗値が低いので、魔法攻撃や状態異常には脆弱《ぜいじゃく》だということ――。

だから、『毒の沼地』なんかだと苦戦するわけで……。

「う――む……………」

だんだん、下級の狩場だとレベルアップが厳しくなりつつあるのも事実。

そろそろ中級と言われてもいいくらいのレベル帯だ。

幸い、お金で魔石を買っているが、それも限界があるだろう。

何より、

…………「破裂するわよ」

「ひぃ!!」

不意にサラザール女史の言葉が脳裏に蘇《よみがえ》り、飛び上がるクラウス。

「おっかねー……。破裂したくないし、魔石も控えめにした方がいいよな」

とはいえ、魔物を倒してのレベルアップだと、ソロ《ボッチ》のクラウスでは下級以上の狩場にトライするには少々心もとない――。

このままゆっくりレベルアップしていけば【自動機能《オートモード》】のランクアップはまだまだ遠い……。

「よし、決めた!!」

ざばぁ……!

パンイチで、湯から上がると、桶《おけ》に片足をかけてクラウスは裏庭にて叫ぶッッ!!

「リズぅぅぅぅう！　俺は無駄遣いをやめるぞぉぉぉおおお!!」

そういって、スキルポイントを貯めることにした。

……先送りとも言う（──棚上げ）。

「うるさ────い!!　近所迷惑だって言ってるでしょ！」

パコ────ン！

キッチンの窓が開き、しゃもじが飛んでくる。

「ぐっはぁぁっ!!」

見事な投擲《とうてき》……。

リズ。

お前なら冒険者やれるよ……。

グフッ。……バッシャ〰〰〰ン。

その日、クラウスはぐっすり眠れたとか眠れなかったとか。

第4章「ダメスキルとは言わせない」

「乗らねぇのか?」

ギルド前に停まった、いつもの乗合馬車の爺《じい》さんがクラウスを不思議そうに眺める。

「ん? いや、今日はいいや」

「ほ! ついに堅気になるか——ええこっちゃ!」

なにか勘違いする爺さん。

「ちげーよ……」

いちいち、うるせー爺さんだな。

なんだよ、堅気って!

「今日は近場で狩りだよ。いつもの安心安全、みんな大好き『霧の森』さ」

「あんなとこ、お前さんしか行かねーよ。……にしても、そうか、もうダンジョン化したんだな」

先日クラウスが正常化した『霧の森』は一定期間を過ぎて魔素を蓄積し、再びダンジョン化していた。

それを、ギルドのお知らせ板で確認したクラウスは、躊躇《ちゅうちょ》なく、使用札をかけてそこに向かうことにした。

もちろん、他の使用者は誰もいない。

「そうだよ。じゃー行ってくるわ」

「あ、あぁ、気を付けてな」

爺さんの心配そうな視線を感じつつ、装備を整えたクラウスは街の外へ向かう。

もちろん、近場ゆえ今日は歩き。

『霧の森』は、狩場にしては珍しく街の近場にあるのである。

「――にしても、クエストも余りまくってんな……」

依頼板にびっしり貼られた『霧の森』関連のクエストの数々。

誰も行かない不人気狩場ゆえか――。

パラリ。

クラウスの手元には、その依頼書《クエスト》が多数ある。

「霧のせいで見通しが悪いから、皆敬遠するんだよなー」

だが、クラウスには【自動機能《オートモード》】がある。

そのため、不人気狩場との相性はバツグンだ！

「まず、これから片付けるか」

クエストの中から数枚抜き出すと、斜め読み。

――『魔物の退治』×5枚。

まずはこれの達成を目指す。

一枚あたり、ノルマの魔物を退治すれば銀貨20枚という、不人気狩場のわりにはなかなか高報酬クエストである。

もちろん、たくさんの魔物を仕留めれば追加報酬も得ることができる。

それが、毎度おなじみの『霧の森』。

晴れて?正常化期間が過ぎ、再び『霧の森』がフィールド化しているのだから行かない手はない。

「よーし、クエストついでに、今日は『自動戦闘』の検証をするぞ！　そろそろ『霧の森』の魔物くらいなら楽勝だし、……手馴《てな》らしにはうってつけだ」

【自動機能《オートモード》】が覚醒した今、『霧の森』はクラウスにとって美味《おい》しい獲物だ。

霧の立ち込める森に降り立つと、スウゥと空気を吸ってスキル発動。

さっそく『気配探知』で、魔物の気配を探るクラウス。

……いつもなら目視で探していた魔物も、『気配探知』Lv3のおかげでさっそく発見。

「お、さすが、近場のわりに不人気狩場――――やっぱり、魔物の数だけはたくさんだな」

気配の中にはおなじみの雑魚、ゴブリンとコボルトだ。

上昇したレベルの身体能力をいかして一気に肉薄したクラウスは、気配のただなかに突っ込む。

「ギャギャ?!」

「グルルルゥ?」

サッと周辺を見回すと、驚いた顔のゴブリンが5体と、コボルトが10匹ほど。

集団としては多いが、個体としては脆弱《ぜいじゃく》――――……全員雑魚！

「脆弱脆弱ぅぅぅ……！　上位種はいないな。ならば、まずは殲滅《せんめつ》‼」

いきなり自動戦闘で倒すのもあれなので、まずは実験のために数を減らす。

「ギャギャァアア！」

「グルォォオオ‼」

突然現れたクラウスにも負けず、ゴブリンたちが一斉に襲い掛かる。

「１体を残して、全部逝けぇ！」

タッ！　トトトトトン‼

ゴブリンたちの一撃をいなし、集団の中に躍り込むと、黒曜石のナイフを振るい、戸惑うゴブリンの首を複数切り落とす。

「ゲギャァア！」

その血が噴き出る前に、身を翻し今度はコボルトの群れに突っ込む。

「しぃぃぃッ！」

その勢いでもってあっという間にゴブリンとコボルトを半数ほど殲滅すると、今度は態勢を立て直しつつある残りのゴブリンを切り伏せる。

「ゲギャァアア！」

ようやく得物を構えたゴブリンであったが、あえなく全滅。

あと、コボルト数匹。

「よーし、残るコボルトは……武器持ちだけは逝ってよし！」

フンッ!!

「キャイィイイン!?」

逃げ出そうとしたコボルトを追撃し、素手の1匹を残してあっという間に殲滅すると、

「悪いな。お前らを放置すると近隣の村を荒らすんだろ？　……だからさ、」

魔物は放置すれば、勝手に食い合いレベルアップして凶悪になる。

そして、さらにレベルアップした個体が増えていけば、いずれ狩場は破綻《はたん》し、ついにはダンジョンやフィールドから溢《あふ》れ出《だ》す。

そんな、モンスターパニックを事前に防ぐのも冒険者の務めなのだ。

「——……こっちもこれが仕事なんだよ！　かかってこい！」

そう言って、腰を抜かしたコボルトにあえて武器を渡す。

ゴブリンの使っていた棍棒《こんぼう》なのでコボルトにはなじみのないものだろうが、それはいい。

武器を持たされたことで、逃げようとしていたコボルトが踏みとどまる。

「よーし、それでいい。魔物なら逃げるな！　最後まで戦えッ！」

逃げる背中に興味はないんだ。

それに逃げられたら検証が台無しだ。

「——【自動機能《オートモード》】起動ッッ」

ステータスオープン!!

——スキル『自動戦闘』！

ブゥン……。

※　※

《戦闘対象：コボルト》
⇓戦闘にかかる時間「00：00：01」

※　※

わぁお、一瞬かよ？

なら、検証開始だ。

数を増やせばどうなる……？

「キャイン？」

微動だにしないクラウスを訝《いぶか》しむコボルトだが、その姿を無視してクラウスは検証を続けた。

ジリジリとコボルトが近づいてくるが、お構いなしだ。

ブゥン……。

※　※

《戦闘対象：コボルト×2》
⇓戦闘にかかる時間「00：03：12」

※　※

お、複数指定可能か。

「ふーむ……。コボルトを×2に指定もできるのか――。そうすると、戦闘時間が増えたぞ?」

……ということは、コイツを仕留めても、そこから3分ほどの所にコボルトがいるという計算になるのか。

なるほど、移動時間も戦闘時間になるみたいだな……。

「…………あ、魔物は複数選べるのか!」

ステータス画面に浮かぶモンスターの名称。

それを追加指定すると、

※　※

《戦闘対象：コボルト×2、ゴブリン×1》

⇒戦闘にかかる時間「００：０３：１３」

※　※

「む。戦闘時間がほとんど変化なし――――ということは、コイツとは別のコボルトは、ゴブリンを含む群れにいるということだな」

つまり、【自動機能《オートモード》】での戦闘は、敵の距離などは関係なしに、指定した数を殲滅するために最短距離で最適な戦闘をすると見積もられる。

そうでなければ、戦闘時間が１秒しか変わらないなどありえないだろうからな。

「よし！　どんどん検証だ‼」

手早く殲滅し、徐々に徐々に森の奥へ。

その間にも若干の検証を含めていく。

すると、目の前のコボルト以外に、近隣にいると見積もられる群れはコボルトが６匹、ゴブリンが３体の小集団らしい。

その後にコボルトやゴブリンの数を増やしてみると、戦闘は３分以内には終わらず10分以上掛かるようだ。

「なるほど……だいたいわかってきたぞ」

自動戦闘は指定した数の魔物を殲滅する。

そして、それに掛かる移動時間、戦闘時間を正確に算出し、「必ず戦闘」をする。
問題は――――……「必ず」勝てるかどうかだ。
もし勝てないなら、こんな危ないスキルはない。
「…………よしっ！」
だが…………………。
もし、「必ず」勝てるなら――――こんな無敵のスキルもないだろう。
『霧の森』の魔物なら、よほど下手を打たない限り、今のクラウスの敵ではない。
「――――……実験開始だ！」
『自動戦闘』開始――――！
ステータスオープン!!
ブゥン……。

※　※

《戦闘対象：コボルト×7、ゴブリン×3》
⇓戦闘にかかる時間「00：03：30」

※　※

「自動戦闘、発動ッッ」

フッと、いつもと同様に意識が飛ぶ――――…………そして、

――――…………そして、気付いたときには、

「プはぁっぁああ！」

……ふぅ！

ガクンと膝の力が抜けるような感覚。

そして、予想通りの光景が――――……。

「や、やっぱり……？」

ドロリと手が血にまみれる感触。

ちょうど、黒曜石のナイフを引き抜いたところらしい。

構えを解いた状態のクラウスが突っ立ち、目の前には血を噴き出すゴブリンの死体。

その目にはもはや何も映しておらず戦闘が終わっていることを指していた。

必ず勝てている…………。

しかも、無傷⁇

「…………じ、『自動戦闘』ヤバすぎだろう⁉」

クラウスの驚愕《きょうがく》のセリフが響くと同時に、ドサドサドサッッと、一斉に倒れるコボルトやゴブリンの体。

……戦闘したという感覚もないまま、クラウスは勝利していた。

※　※

「ま、まだまだ検証しないとわからないことだらけだけど……。今のところすべての戦闘に勝利している？　しかも、無傷で……」

もっと格上と闘ってみないと確実とは言えないが、疲労感と軽い筋肉痛以外に負傷らしい負傷をしていないクラウス。

それどころか、集団戦であったはずなのに、全く無傷なのだ。

「と、とんでもないスキルなんじゃないのかこれ──？」

ただのユニークをも凌《しの》ぐ性能。

それこそ、チートや何かと言われるそれ──。

い、いや。まだ過信は禁物だ。

もっともっと検証しないと──!!

「幸い、『霧の森』は検証にはうってつけだぜ！」

勝手知ったる森の中。

しかも、雑魚ばかりだ。

まずは雑魚を仕留めつつ──……ホブゴブリン戦で検証だ!!

「よ～し！　確かめるぞ――――!!」

まずは、

「くくく。目標、『霧の森』の全モンスター！　我、『霧の森』の魔物を殲滅せんとす――――！」

いっけぇっぇぇえええ！

俺――――……！

『自動戦闘』――――発動ッ！

ゲギャァァァァアアアアアアア!!

……その日、『霧の森』には魔物たちの悲鳴が一日中響いていたとかいなかったとか――――。

※　※

「――ゴ、ゴブぅぅ…………」

ブシュウウ……！

鮮血が舞い、フッと、いつもと同様に意識が飛ぶ――――…………そして、気付いたときには、

「ふはぁっぁ……」

軽い疲労感と、戦闘の手応え――。

うん。この感覚にも慣れてきたぞ。

「お……ホブゴブリン倒したー」

軽い汗をかいているのを実感したクラウスの目の前には、絶命したホブゴブリンの死体。

奴《やつ》は白目をむいているが、まだ体は温かく、今しがたまで戦闘があったのだろう。

だが、戦闘自体は一撃だったらしく、とくに武器が振るわれた形跡もない。

ボス戦でこれだ……。

「おいおいマジか。何度か倒したことがあるとはいえ――……こいつまで圧勝かよ」

以前はそこそこ苦戦していたホブゴブリン。

それがこれだ……。

『自動戦闘』は、今のところ敵なし――。

そして、巨体がズゥゥン……と倒れたことでようやく戦闘が終わったことを実感したクラウスであった。

「……ったく、とんでもないスキルだぜ」

汗をぬぐって、空を仰ぐと同時に、さぁぁあ……と、森の霧が晴れていき、フィールドが正常化されていく。

よし！　これで連続正常化だ（……だからと言って何があるわけでもないけど）。

「――もっとも、この森に魔物はもういないけどな」

そう言って、背後にどっさり積まれた討伐証明と、ドロップ品の山を置くクラウス。

そこには今倒したばかりのホブゴブリンを除く、この森すべての魔物のドロップ品があった。

「――いやー。下級の狩場とはいえ、短時間でこれか……」

検証といいつつ、やりすぎたかもしれない。

しかし、そのおかげで色々なことがわかり、欠点も少しばかり見えてきた。

まずわかったことは、『自動戦闘』を使った場合、ほぼ無傷で魔物を殲滅できるということ。

そして、クールタイムの存在だ。

スキルは【自動機能《オートモード》】だけにとどまらず、例外なくクールタイムが存在する。

ゆえに連発ができないのがネックである。

さらに、最適に動くため時間も最短で、そして、移動も最適距離を使うということ。

要するに、一度戦ったことのある相手ならば、無駄なく効率よく狩りができるらしい。

……試しに「スケルトンジジェネラル」を選択候補に入れてみると、

《戦闘対象：スケルトンジェネラル》

⇓戦闘にかかる時間「223：11：45」と表示。

これは『スケルトンジェネラル』を1体倒すのにかかる時間が約223時間ということ。

つまり、この近辺にはいないことを指している。

だが、間違って戦闘することを選択したらどうなるのだろうか……。

きっと、どこか知らない土地で（例えば墓所の奥深く）スケルトンジェネラルを、1体だけ倒し、い、いた状態で、自動戦闘を終えるということになるのかもしれない。

それを想像して、ゾッとするクラウス。

「つ、使い方を誤ると恐ろしい目にあいそうだな……」

ブルリと身震いする。

実際、今回の戦闘中にもヒヤリとすることが何度もあったのも事実。

例えば、コボルト、ゴブリンを複数選択し、殲滅したまではよかった。

しかし、偶然にも群れの中にゴブリンチーフが紛れていたことがあり、危うく奇襲を受けるところであった。

その時は、すんでのところで気付いて、返り討ちにしたものの、自動戦闘の際は、敵の種類を把握しないと思わぬ伏兵からの攻撃を受けそうだということは理解できた――それは大きな収穫だろう。

あと、当然の話ではあるが戦闘をしたことのない魔物は選択不可能らしい。

おかげで、この森で初めて見かけたレアモンスター『レッサートレント』という木の魔物に後れを取るところであった。

まぁ、なんとか倒せたけど……。

フィールドボス（『霧の森』でいえば「ホブゴブリン」）より強い魔物にエンカウントする可能性も考慮しておかないと、調子に乗って自動戦闘で狩りをしていると死にかける――。

「結論……………。目視距離の敵と戦うべし。だな」

自動戦闘は無類の強さを誇るのは間違いないが、不測の事態に対処するのが困難である。

これは『自動戦闘』に限らず『自動資源採取』などのユニークスキル【自動機能《オートモード》】全般に言えることだろうけど……。

「――あとは、ほんとうに強い相手と戦闘になった場合はどうなのかな?」

例えばドラゴン……。

今まで一度も戦闘したことはないけど、仮に戦闘が可能だとして、……本当に『自動戦闘』で戦えるのだろうか?

いくらユニークスキルでも超上位種を相手にすれば、とても無傷とは思えない。

「……まぁ、これはいずれ検証していく必要があるな」

いずれにしても……。

「使いどころを間違えなければ『自動戦闘』……かなり使えるぞ?」

そう言って、ホブゴブリンのドロップ品を追加すると、ついに『霧の森』は完全に正常化されてしまった。

……………さて、帰るか。

※　本日の成果　※

～ドロップ品（討伐証明）～
ゴブリンリーダーの耳×23
ゴブリンチーフの耳×5
ゴブリンの耳×224

コボルトソルジャーの牙×22
コボルトBｉｓの牙×７
コボルトの牙×３８９
グリンスライムの核片×21
ホブゴブリンの耳×１
レッサートレント×１

～ドロップ品（装備品）～
粗末な短剣×１００（残りは放棄）
粗末な手斧《ちょうな》×５
粗末な棍棒×10（残りは放棄）
粗末な短槍《たんそう》×10（残りは放棄）
粗末な丸盾×20（残りは放棄）
粗末な長剣×20（残りは放棄）
粗削りな棍棒×１

～ドロップ品（素材）～
レッサートレントの香木×１

～ドロップ品（魔石）～
魔石（小）×２０３⇓１００使用済み（残りは破裂？防止で温存）
赤の魔石（小）×15
青の魔石（小）×10
緑の魔石（小）×６
黄の魔石（小）×４
虹の魔石（極小）×１
魔石（やや小）×23⇓使用済み
魔石（中）×１⇓使用済み

以上ッッ!!

「う……。お、重ッ」

いったいどれだけ狩ったのかわからなくなってきた。

少しでも荷物を減らすため、大量に入手した魔石を使用。

それでも、ドロップ品の数は膨大だった。

※　※　※

クラウス・ノルドールのレベル《レベル》が上昇《アップ》しました
　クラウス・ノルドールのレベル《レベル》が上昇《アップ》しました

※　※　※

レベル：40（ＵＰ！）
名　前：クラウス・ノルドール
スキル：【自動機能《オートモード》】Lv４
Lv１⇓自動帰還
Lv２⇓自動移動
Lv３⇓自動資源採取
Lv４⇓自動戦闘
Lv５⇓？？？
●　クラウスの能力値
体　力：　２９６（ＵＰ！）
筋　力：　１８７（ＵＰ！）
防御力：　１５９（ＵＰ！）

魔　力：　98（UP！）
敏《びん》捷《しょう》：　186（UP！）
抵抗力：　66（UP！）
残ステータスポイント「＋46」（UP！）
スロット1：剣技Lv4
スロット2：気配探知Lv3
スロット3：下級魔法Lv1
スロット4：自動帰還
スロット5：自動移動
スロット6：自動資源採取
スロット7：自動戦闘
●　称号「なし」
○臨時称号「下級の虐殺者」
⇓一定時間、下級の魔物のエンカウント率が著しく下がる。

※　※　※

「わーい、レベルアップだー………って、なんちゅう荷物の量だ」

レベルが上がっても、重いものは重い。

だけど、こんな時こそ、

――スキル『自動帰還』！

ブゥン……。

「よっしゃー、リズ！　待っとれい！　お兄ちゃんが帰るぞー!!」

※　※

《帰還先：クラウスの家》
⇓帰還にかかる時間「00：28：22」

※　※

「――発動ッ！」

フッと意識がなくなれば家の前。

だが、まだ日は高い!!

「え？　あれ？　お、おにいちゃ――⁇」

――そして、リズたん確認ッッ!!

「行ってきます‼」

「え？　………あ、あれ？　は、はや――――」

すまんリズ！　お兄ちゃんは仕事中だ！

許せ、ＭＹシスター‼

まだまだ日は高いッッ！

「風呂と飯を頼むッッ！」

「ちょ⁉　え、何なに？」

……柄杓《ひしゃく》を手にしたリズがポカンとした顔でクラウスを見送っていた。

そのまま、大荷物を担いでバヒュン！　と、ギルドに向かうと、

カランカラ～ン♪

と、カウベルの音も軽やかに、ギルド受付にて、

「ちーっす」

「はいは――――……は？」

どっさり‼

「――これ、クエスト完了届です。あと、追加の討伐証明と素材でっす」

「へ………？　え？　あ？」

約数百体分の魔物素材がこんもりと。

「おなしゃ――――す」

「な、」

いつもの受付に、いつものように納品しただけなのに……。

カウンターを埋め尽くさんばかりの「下級素材」。

な、

ななななん、

「なんじゃこりゃ――――――――!!」

テリーヌさんの怒号とも悲鳴ともつかぬ叫びが上がったとかなんとか……。

――チーン♪

～　ギルド報酬　～

『魔物の討伐』×５枚　クエスト成功報酬銀貨１００枚＋追加報酬銀貨１３５２枚。

ドロップ品の買い取り金貨12枚、銀貨51枚、銅貨70枚。

(内訳は、

粗末な短剣×１００で銅貨２００枚、

粗末な手斧×５で銅貨10枚、

粗末な棍棒×10で銅貨10枚、

粗末な短槍×10で銅貨30枚、

粗末な丸盾×20で銅貨20枚、

粗末な長剣×20で銅貨100枚、
レッサートレントの香木が金貨5枚、
色付きの魔石が諸々《もろもろ》で金貨7枚と銀貨48枚）

……………以上なり。

「わーい。大金だー」

「おう、ごらッ！　クラウスてめぇ―――」

え？

「今、呼び捨て……」

「んっん～…………クラウスさん」

軽く咳払《せきばら》いするテリーヌは、全く笑っていない目つきでニコリとすると、

「………これ、誰が今から鑑定すると？　っていうか、この後のギルドの職員の大変さとか考えたことありますぅ？」

「え？　いや、だって――」

「チッ」

今、舌打ちした……？

なぜか、えらいジト目で睨《にら》まれてしまい、スゴスゴと退散するクラウス。

………なんでやねん？

（俺、仕事しただけやんッッ！）

「……あ、まだ日が高いし、ついでにクエスト貰《もら》っていこ」

「そーいうとこやぞ」

さーせん。

テリーヌのジト目を躱《かわ》しつつ、お知らせ板をチェックするクラウス。

さっそく『霧の森』の正常化が記載されていた。

（……さて、もう検証は十分だし、そろそろ俺も本気を出すかな）

たしか、下級の狩場の塩漬け依頼とかまだいっぱいあったな。

──『自動資源採取』も『自動戦闘』も慣れてきたし。

（なんか、ギルドマスターとかテリーヌにはすでに目をつけられている気がするし、いっそ……）

「──クエストもやれるだけやっちゃおうかな」

そうと決まれば、

「うっし………！」

クラウスはこぶしを手のひらに打ち付け、気合十分！

お知らせ掲示板で人気のない狩場を確認すると、塩漬けや討伐クエストなど、ありとあらゆる下級狩場のクエストを、依頼板《クエストボード》から手当たり次第に引っぺがす。

「これと、これと、これと──」

『毒の沼地』のクエスト。

『嘆きの渓谷』のクエスト。

『夕闇鉱山』のクエスト。

近場の不人気狩場は全部やってやる！

くっくっく。

リズよ。

「今日の帰りは遅くなる――――風呂と飯を準備して待っとれい!!」

愛《いと》しきＭＹシスターよ聞いてくれ。

「――リズぅぅぅううう!!　俺は遠慮をやめるぞぉぉぉおおおお！」

そして、ついに!!

クラウスの下級クエスト総ざらい《ひらきなおり》の快進撃が始まる!!

スパ――――ン!!

「……遠慮はせい！　あと、ギルドで叫ぶな！　気持ち悪い!!」

テリーヌのすさまじいツッコミを受けつつも、クエストを大量に受注するクラウスであった。

――スキル『自動移動』！

ブゥン……。

※　※

《移動先を指定してください》
●街
●フィールド・ダンジョン
●その他

※　※

「よ～っし、今日はサクサク回るぞー。まずは……『毒の沼地』！」

『自動戦闘』の検証も大詰めだ。

そして、せっかく遠出するのだから『自動資源採取』と組み合わせて、効率的に狩りをすることに。

クエストもいっぱい貰ってきた！

……ついでにわかったことなのだが、『自動移動』を使うときに馬や馬車などを使っていると、それを使って移動してくれるらしい。

なにも歩きに限ったことではないと、ついさっき気付いたのだ。

それというのも――――。

「へっへー、今日はドロップ品が大量に出そうだからな～」

クラウスがパンパンと気安く叩《たた》くのは、ギルドで借りた荷馬車と驢馬《ロバ》だ。

買っても借りても、そこそこのお値段がするので、普段のクラウスなら借りたことはないのだけど――今は違う。

……【自動機能《オートモード》】のおかげで、毎日毎日大量のドロップ品を得ることが可能なのだから、それらをすべて回収するならこれくらいはあって然《しか》るべき。

で、物は試しとばかりに荷車の御者台に位置してから、スキルの『自動移動』でフィールド『毒の沼地』を指定すると、

※　※

《移動先：毒の沼地》

⇓移動にかかる時間「01：22：22」

※　※

「うお！　乗合馬車より早いぞ!!　――やっぱり馬車とかも自動で使ってくれるんだ」

おそらくクラウスが習得している技術の中から、使える技術を最適化して自動化してくれるらしい。さらには持ち物などの概念もあるのだろう。さすがに自動で人のものを使ったりはしないようだ――優秀!!

また、おそらく……乗ったことのない生物は無理だろう――飛竜とかね。

「今まで歩きだともう少し時間がかかってたから街から『自動移動』で狩場に直接行くことはほとんどなかったけど――」

なるほど……。

それだけ、ギルドの乗合馬車が気を使って近くまで送ってくれたということなのだろう。

（感謝感謝。爺さん、今までありがとう――）

お空に爺さんの顔がキラリと光るぅ。

「死んでねーよ！」と、空耳が聞こえたが気のせいだろう。

それよりも、あまり使ってなかったけど、『自動移動』もたいがい、すっげースキルな気がしてきたぞ……？

何気に、他の【自動機能《オートモード》】スキルと組み合わせれば化けそうな気がする。

……じゃ、さっそく――。

「――発動ッ」

いつものように、フッと意識が飛ぶと、目が覚めた時には――。

「はい。到着～」

例によって例のごとく、『毒の沼地』だ。

今日はそれ以外にも、競合する冒険者のいない場所をサクサク回るつもりだ。

『毒の沼地』に『嘆きの渓谷』、そしていつもの『夕闇鉱山』！

もちろん、ボスを倒して正常化も狙うッッ！
ボスの魔石と経験値は美味しいからね。
もう『自動戦闘』の検証はほぼ済んだからな――――自重などせんよ？
と、いうわけで――――……。
「いくぜ、俺！」
サッと、なんとな〜く格好をつけて依頼書をバンバンバン‼　と荷馬車に張り付けていく。
それは数種類のもので、重複しているものも多数。
「くくく……。今宵《こよい》のクラウスさんはちょ〜〜っとばかり違うぜ」
〜毒の沼地の『クエスト』〜
『毒消し草の採取』（ノルマ10本）×10枚
『石化草の採取』（ノルマ5本）×3枚
『マヒ消し草の採取』（ノルマ5本）×3枚
『燃える水の採取』（ノルマ甕《かめ》5杯）×3枚
『あぶく水の採取』（ノルマ甕《かめ》5杯）×3枚
『ポイズンフロッガーの討伐』（ノルマ5体）
『沼スライム《スワンプ》の討伐』（ノルマ5体）
「ふっふっふ……。これだけ採ってもまだまだ余裕があるぜ。すげーぞ…………………荷車の威力は‼」

では、クールタイム終了を見計らって――。
それではさっそく、
『自動資源採取』

※　※

《採取資源を指定してください》
●草木類←ピコン
●鉱石類
●生物類
●液体類←ピコン
●その他

※　※

《採取資源を指定してください》
●草木類
⇓キリモリ草、毒消し草、石化草、マヒ消し草、目薬の木、力の種、マッチョ草、フォートレスフルーツ、魔力草、敏捷ナッツ、アンチマジックの根、マンドラゴラ、ドラゴン草、浮力草、ｅｔｃ．

⇓杉、松、楢《なら》、樫《かし》、黒檀《こくたん》、檜《ひのき》、胡桃《くるみ》、栂《つが》、梅、竹、雑草、ｅｔｃ．

⇓リンゴ、キウイ、梨、柿、ライム、レモン、ブドウ、大根、リーキ、キャベツ、レタス、アザミ、ニンジン、ブロッコリー、ニンニク、セロリ、芋、大豆、インゲン豆、ひよこ豆、ｅｔｃ．

●液体類

⇓水、塩水、海水、蒸留水、泥水、尿、畜尿、ｅｔｃ．

硫酸、塩酸、酢酸、胃酸、ｅｔｃ．

原油（燃える水）、メタン含有水（あぶく水）、スライム原液、血液、獣の血、ｅｔｃ．

※　※

「おーし！　全部あるぜぃ、サックサク集めるぞー！」

ブゥン……。

※　※

《採取資源：毒消し草×１００、石化草×15、マヒ消し草×15》
《採取資源：原油×甕15、メタン含有水×甕15》
⇒採取にかかる時間「００：４２：３８」

※　※

「うわッ！　早いな‼」

毒消し草は群生地を見つければそこまで困難ではないのはわかっていたが、石化草やマヒ消し草までこの程度で採取できるのか……。

ギルド案内では、「見つけにくい草」として紹介されていたが、ユニークスキルの前にはそうでもないらしい。

「よし！　甕を準備して――――スキル『自動資源採取』……発動ッ！」

ギルドで借りてきた背負子《しょいこ》に甕をのせて担うとスキルを発動。

次の瞬間フッ……と意識が飛び、気が付いたときにはスタート地点から約１００メートルほど離れた沼の中の小島にいた。

「おっと！　ここが最終採取ポイントか」

どうやら、最後に取ったのは石化草らしい。

一見して雑草にしか見えないものの、芋のような球根を持っていることから石化草であるとアタりをつけた。

「さて、ここまでは予想通り……。次は魔物!!」

予想通り、沼地の中ほどに入ってしまい、気配探知には周囲に魔物の姿を捉えている。

「ポイズンフロッガー……。ザトウムシ。大鬼ヤンマか……」

気配探知の精度が上がったおかげで下級モンスターなら、なんとなく識別ができるようになっていた。

「よし！　まずはノルマから達成するぞ！」

シュラン……と、濡《ぬ》れそぼつ黒曜石の短剣を構えると、今度は『自動戦闘』を開始する。

クールタイム終了までにモンスターが迫ってきても、この程度の雑魚なら時間は稼げる。

それよりも、今回は、足場の悪いところでの実証と、状態異常にかかるかどうかの実証だ。

そのため、荷物をいったん放置。

魔物は現地で取れる資源などに興味を示さないから、放置しても安全だろう。

むしろ、連れてきた驢馬《ロバ》の方が危険だ。

「さぁ、狩るぞッ！」

気配探知の索敵を頼りに、『自動戦闘』と組み合わせる。

そうすれば少なくとも気配探知で捉えた魔物はすべて倒せるだろう。

《戦闘対象：ポイズンフロッガー×13、ザトウムシ×2、大鬼ヤンマ×10、沼《スワンプ》スライム×6、蠢《うごめ》く泥炭×1》

⇓戦闘にかかる時間「００：２０：１０」

「よし――――いけ、俺ッ!!」

『自動戦闘』発動ッッ。

フッと、いつもと同様に意識が飛び――――…………そして、気付いたときには、

「ゲホゲホッ!!」

……おぇぇぇぇ！

短距離を一気に駆け抜けたような息苦しさと、気怠《けだる》さを感じるクラウス。

「く……！　さすがに、キツイか！」

息苦しさは、毒の沼地の瘴《しょう》気《き》に喉がやられたせいか、それとも、激しい動きで息が切れたか

――……。

「どっちにせよ、まだいける！」

少し呼吸を落ち着けると、体の状態を再確認。

いつも通り傷もなく、毒にも侵されていない。

そして、目の前にはビチビチと跳ねるポイズンフロッガーの巨体がある。

すでに首は斬り落とされていたので脊髄反射というやつだろう。

クエスト素材をゲットしたはいいけど、

「ゲホゲホ……！　なんて臭いだ……」

あたりには、酷《ひど》い臭いが立ち込めている。

周囲は魔物の死体で溢れかえっており、それが沼の瘴気と混じって物凄《ものすご》い悪臭だ。

だけど、自動戦闘は完璧《かんぺき》に仕事をこなしてくれたようだ。

よし‼

魔物のドロップ品を集めたら――……。

「こんどは、安全に素材を回収するために――――ボス戦だ‼」

魔物由来のドロップ品は狩場の魔物を倒した時点で徐々に消えていくが、その前に冒険者が引、、、抜き所有権を獲得した自然素材は、そのまま現場に残るのだ。


「悪いけど、俺の安全確保のために死んでくれッ」

クールタイムの終了を見守り、ステータスオープン‼

『自動戦闘』

ブゥン……。

※　※

《戦闘対象：スワンプグール》
⇓戦闘にかかる時間「00：05：27」

※　※

「毒の沼地のボス……確か、昔一度だけパーティで戦ったな。ドロドロのグールだったっけ？」

まだまだ駆け出しのころ（今も下級だけど……）、同じ下級者同士でパーティを組んであちこちの狩場に顔を出した。

当時はどこが効率が良くて美味しい狩場だとか、そういうことは考えずに、ただただ冒険者として狩りをすることに精を出していた。

（若かったなー……）

あの時のメンバーは今はどうしているやら。

まだ、同じギルドでくすぶっているものや、とっくに他国に出ていったものなど様々だ。

「ま、おかげで楽ができる——」

一人でなら絶対に『毒の沼地』の奥へは行っていないはずだから。

「意識がないのは怖いけど、グールの悪臭を嗅がなくて済むのはありがたいね」

さぁ、『毒の沼地』を終わらせよう！

自動戦闘……——発動ッ！

フッと、いつもと同様に。

————……………そして、気付いたときには、

「ブハッ！」

大きく息を吐きだしたクラウス。

そして、息を吸い込んだ瞬間――――。

「おぇぇぇ！」

ひ、ひでぇ臭いだ……！

周囲を見れば、バラバラに砕け散ったスワンプグールの死体が散乱している。

アンデッド系を物理攻撃で倒そうとしたのだ。相当に無茶な戦いをしたらしい。

どうやら自動戦闘では、スワンプグールを戦闘不能になるまで細切れにする戦闘をしたようだ。

戦闘時間の大半は、移動とその作業に使われたのかもしれない。

「げほげほ！　……よじ、ごれでドクノヌマギごうりゃぐがんりょうだ……！」

あまりの臭気に鼻を覆うクラウス。鼻で息を吸わないように口呼吸。

ボキッ……！


なんとか、討伐証明の下顎を抜き取ると、魔石だけを回収してグール素材は諦めた。

それなりに高値で売れるらしいが、この臭いはたまらない!!

……ふぅ！

そうしているうちに『毒の沼地』の瘴気が収まっていき、ゲコゲコとさみし気にカエルが鳴くだけの沼地に正常化されていった。

「よし！　『毒の沼地』攻略完了!!」

『毒の沼地』での成果。

～ドロップ品（討伐証明）～
ポイズンフロッガーの舌×13
ザトウムシの前腕×2
大鬼ヤンマの尾×10
沼《スワンプ》スライムの核片×6
蠢く泥炭の少塊×1
スワンプグールの下顎×1

～ドロップ品（素材）～
ポイズンフロッガーの毒腺×13
ザトウムシの糸袋×2
大鬼ヤンマの卵塊×3
沼《スワンプ》スライムの濁り液×6
香り高い泥炭×1

～ドロップ品（装備品）～
錆《さ》びた長剣×１

～ドロップ品（魔石）～
魔石（小）×13⇓使用済み
緑の魔石（小）×２
黄の魔石（小）×４
虹の魔石（極小）×１
魔石（やや小）×３⇓使用済み
魔石（中）×１⇓使用済み

～採取品（草木類＆液体類）～
毒消し草×１００
石化草×15
マヒ消し草×15
原油（燃える水）×甕15
メタン含有水（あぶく水）×甕15

※　※　※

クラウス・ノルドールのレベルが上昇《レベルアップ》しました

※　※　※

「お……！　１レベルアップ！　やったぜ」

さすがに下級の狩場では、レベルが上がり辛《づら》くなりつつあるのを肌で実感し始めたクラウス。

それでも、ボスを倒し、拾った魔石を全部使うことで何とかレベルアップにこぎつけた。

このままどんどん行こう‼

今日はあと２ヵ所回るぞー！

※　※　※

レベル：41（ＵＰ！）
名　前：クラウス・ノルドール
スキル：【自動機能《オートモード》】Lv４
Lv１⇒自動帰還

Lv2⇓自動移動
Lv3⇓自動資源採取
Lv4⇓自動戦闘
Lv5⇓？？？

●クラウスの能力値
体　力：　302（UP！）
筋　力：　190（UP！）
防御力：　162（UP！）
魔　力：　100（UP！）
敏　捷：　189（UP！）
抵抗力：　67（UP！）
残ステータスポイント「＋49」（UP！）
スロット1：剣技Lv4
スロット2：気配探知Lv3
スロット3：下級魔法Lv1
スロット4：自動帰還
スロット5：自動移動
スロット6：自動資源採取

スロット７：自動戦闘
● 称号「なし」

※　※　※

「よーし！　まだまだ余裕があるぞー…………荷車の荷台がねッ！」

ズン、
ドン、
バ――――ン！

と、大量のドロップ品を積み込んだクラウス。

ちょっと、荷車の敷板《しきいた》がギィギィと頼りなく音を立てるほか、驢馬《ロバ》が「えっ……マジ？」みたいな顔をしている以外は……順調順調ッ。

「ほれ。そんな顔すんなよ、ポーションかけた配合飼料でも食いねぇ」

まるで、驢馬《ロバ》が「チッ」と舌打ちをしているようにも見えたが、まぁ一口餌を食い始めたらガツガツ食っていたので、どうやらお気に召したらしい。

くくく。畜生は単純だぜ！

しかし、この荷物の量だと、さすがに移動速度は落ちるよな。

――スキル『自動移動』！

ブゥン……。

※　※

《移動先：嘆きの渓谷》
⇓移動にかかる時間「02：01：33」

※　※

「むっ……。これだと乗合馬車よりちょっと早いくらいの速度か――」

どうやらさすがに積みすぎらしい。

とくに『燃える水』とか、そういうのが重い。

「うーむ。今度は採取する資源も考えて効率よく回らないとな。あと、荷車は……もう、いっそ買っちまうかな？」

今日はお試しを兼ねて、ギルドでレンタルしたものだが、この感じだとたびたび使いそうだ。

それくらいならいっそのこと買ってしまって、クラウス好みの改良を加えた方がよさそうだ。

こう………ドリル的な？

「ふむ……。驢馬《ロバ》もそのうち買うとして――……しばらくは場所と採取資源を考えて、重量物は控えめにした方がいいだろうな」

その言葉を聞いていたのか、驢馬《ロバ》がコクコクと頷《うなず》いてやがる。

……コイツ言葉わかるのか？

「――――まぁ、今日は諦めろ」
ヒ、ヒヒ――ン?!
「悪いけど、あと２ヵ所が俺的ノルマだから――」

ガビーン?!　と、顔を硬直させた驢馬《ロバ》をさらりと無視して御者席に乗り込むクラウス。

「さぁ、次行ってみよー……!!」

ヒヒン?!　ヒヒーン?!

「うるさいぞ？　……まったく」

目標、次の狩場――――『嘆きの渓谷』!!

ユニークスキル【自動機能《オートモード》】、『自動移動』発動ッッ!!

その瞬間、フッとクラウスの意識が飛んだ。

…………………そして、その瞬間の姿をコッソリと観察している者がいたとか――。

「な?!　あ、アイツ、まだ行くの?!　っていうか、凄い荷物だし！　なんか、めっちゃ速いし、……あと独り言、多《おお》ッ」

意気揚々？と狩場を後にして次の狩場に向かうらしいクラウスの後ろ姿を見て、ムッキー!!　と地団太を踏む小さな影。

……もちろん、ギルドの監視役のティエラだ。

しかし、そんな風に監視している者がいるなど露知らず。

クラウスは無意識のまま、つぎの狩場『嘆きの渓谷』に到達していた。

ここも不人気狩場で、一度だけボスを見たことがあるがかつて――以下略。

「ふん‼　『自動資源採取』」

『矢毒ヤドリの採取』（ノルマ5本）×3枚
『矢毒キノコの採取』（ノルマ20本）×10枚
『嘆きの岩苔《いわごけ》』（ノルマ3個）×1枚
『頭虫火草』（ノルマ1個）×1枚
ババババババババッババババババ‼

無意識のまま高速で資源を回収しているらしいクラウス。

「――――ハッ⁉　……げほっごほ‼　よ、よっしゃーノルマ達成‼　&マンドラゴラもゲット‼」

ゴトッ！　と、地面の上にズダ袋に入れた素材を置くと、今度はスラリ……と黒曜石の短剣を抜く。

「さぉ、次はお前らだ――――！」

『キキキィィ！』

『キノコぉ‼』

ゾロゾロと集まる、『嘆きの渓谷』の魔物たち。

動くキノコにトカゲども。

やはりというか、思った通り一番辺鄙《へんぴ》なところにあったマンドラゴラを手にしたとき、意識の戻ったクラウスの周囲は魔物に取り囲まれていた。

しかし、半径数十メートルほどのモンスターは失神するか、混乱の末にショック死している。

もちろん、マンドラゴラを抜いたときの絶叫にやられたのだろう。

残ったモンスターは警戒しながらもジリジリと包囲の輪を縮めてくるが完全に腰が引けている。

「どうした？　躊躇《ためら》ったら死ぬだけだぞ？　そして……、そっちがこないなら——こっちの番だぁぁあ！」

『気配探知』起動。

クラウスの脳裏に魔物の姿が捉えられる。

「いたいた。走り茸《だけ》に、鳴きトカゲ。蠢く霞《かすみ》に、渓谷《ケーブ》スライムか……」

今回は、毒の沼地以上に足場が悪く、高低差のある場所での実証だ。

「さぁ、全部狩り取ってやる‼」

『気配探知』と『自動戦闘』の組み合わせは今のところ最強。

下級モンスターに限られるのだろうが、『気配探知』の精度を上げていけば、魔物の姿を見ることなく殲滅することもできるに違いない。

《戦闘対象：走り茸×8、鳴きトカゲ×6、蠢く霞×1、渓谷《ケーブ》スライム×3》

⇓戦闘にかかる時間「00：14：55」

…………クールタイム終了。

「よし――――突撃、俺ッ!!」

『自動戦闘』発動ッッ。

――たりゃぁぁあああああああああああああ！

フッと、いつもと同様に意識が飛び――――…………そして、気付いたときには、

「うぐっ!!　あ、足がつりそう……！」

ビリリリと、ふくらはぎの痛みを覚えるが何とか耐えきる。

「さすがに慣れない足場での戦闘は危険か」

ほとんど移動はしていないが、モンスターの残骸の飛び散り具合から、無意識下にかなり上下に動きながらの戦闘だったらしい。

素材の回収が億劫《おっくう》になるほどだ。

「これは、体を鍛えるか、高低差のある場所での戦闘は控えた方がいいかもしれないな」

いててて……。

意識が戻った瞬間に足がつりでもしたら事だ。

殲滅できずに残った魔物や、ランク上の魔物が襲ってきたときに対処できないかもしれない。

『自動戦闘』の欠点はこういった戦闘後の状況が予想できないことなのだから……。

「だけど、今回はうまくいったな」

よし!!

ここの魔物のドロップ品を集めたら――――……。

「渓谷での安全を確保するために、ここのボスを倒すッ!!」

ステータスオープン!!

『自動戦闘』

ブゥン……。

※　※

《戦闘対象：レッサーイビルバット》

⇓戦闘にかかる時間「００：５４：４３」

※　※

「う……？　お、思ったより時間がかかるな？」

確かここのボスは、下級のモンスターだが悪魔の系譜――たしか蝙蝠《こうもり》っぽい悪魔だったはず。

いや、悪魔っぽい蝙蝠だったたか？

まぁ一応、悪魔系列のモンスターなので、弱い魔法を使ってくる奴だ。

しかし、厄介なのは――……。

「……そうか、空を飛ぶ敵に対して、対抗手段がないからこんなに時間がかかるんだ」

だけど、倒せるらしい。

どうやって倒すかわからないけど、『自動戦闘』が55分弱で倒せると断言しているのだ――。

「なら、俺は俺のスキルを信じるッ！」

すぅぅぅ……、

『自動戦闘』発動ッッ！


フッ、と意識が消え。

――正気に戻った瞬間、「って、うわわ！」と、思わずクラウスはヒヤリと体が冷える。

「な、なんでこんなところに‼」

気が付いたクラウスは、渓谷内の切り立った岩の上に立っていた。

横も前も後ろも――どこもかしこも切り立った岩。

一歩間違えれば、大怪我《けが》をしかねない高さの岩に、短剣だけを手にして立っていたのだ。

「な、なるほど……。ここまで誘いこんでトドメの一撃を与えたのか……」

眼下の岩棚には、潰れるようにして落下した蝙蝠型のボス。

奴の命が尽きると同時に渓谷内に陽《ひ》の光が差し、女の嘆き声のような風が鳴りやんだ。

あとは、水がチョロチョロと谷底を流れるだけの静かな渓谷に戻る。

正常化されたようだ。

「よ、よし……最後がきわどかったけど、ここもクリアー!!」

さぁ、次だ次!!

荷馬車を使って都合がいいのは、乗合馬車の時間を気にしなくてもいいから、ギリギリまで狩りに行けるということ！

そう、時間との勝負——!!！

タイムリミットは………夕飯に間に合うかどうかだッ!!

「待っててくれ、ＭＹシスター!!」

そうして、大急ぎでドロップ品を回収すると、そのまま荷車に跨《また》がり大急ぎで次の狩場に向かうのだった。

「とりゃぁああ!!」

ガラガラガラ——！

「………って、まだ行くのぉぉぉおおお?!」

さっさと次の狩場に向かってしまったクラウスを見て、嘆いている少女がいたとかいなかったとか——。

ち————ん♪

『嘆きの渓谷』での成果。

～ドロップ品（討伐証明）～
走り茸の笠《かさ》×10
鳴きトカゲの尻尾×13
渓谷《ケーブ》スライムの核片×3
蠢く霞の少塊×1
レッサーイビルバットの牙×1

～ドロップ品（素材）～
走り茸の胞子嚢《のう》×10
鳴きトカゲの皮×13
鳴きトカゲの肉×13
渓谷《ケーブ》スライムの濁り液×3
香《かぐわ》しい煙木×1
レッサーイビルバットの皮×1

～ドロップ品（魔石）～
魔石（小）×6⇓使用済み

赤の魔石（小）×１
青の魔石（小）×２
虹の魔石（極小）×１
魔石（やや小）×１⇓使用済み
魔石（中）×１⇓使用済み

～採取品（草木類）～
矢毒ヤドリ×15
矢毒キノコ×２００
嘆きの岩苔×３
頭虫火草×１
マンドラゴラ×１

※　※　※

「く……！　レベルアップならずか――……!!」

さすがに連続でのレベルアップは無理だったらしい。

だけど、まだまだ！

このままどんどん行こう‼

今日は、あと1ヵ所回るぞー！

「次は、『夕闇鉱山』だー‼」

えっほえっほと、掛け声も頼もしく、ドロップ品を荷車に積み込むと、驢馬《ロバ》が嫌がるのも気にせず鞭《むち》を振るっていた。

クラウスは本日最後となる狩場、『夕闇鉱山』を高速でクリアに行くッッ！

その陰で……。

「うぉえぇぇぇぇ……！　おろろろろろろ……！　あ、あの野郎――馬車使ってるからって調子に乗りやがってぇぇぇぇ！」

ビチャビチャ……！

なにせマラソンに次ぐマラソン！

いかに、中級の冒険者といえど、

「――走るこっちの身にもなれ―――‼」

と、監視中のティエラが、こっそり叫んでいたとかいなかったとか。

…………知らんがな。

ガラガラガラガラ――――……！

到着ッッ。

「……っと、やってきました、『夕闇鉱山』!!　ここは今日も人気《ひとけ》がないなー」

自動移動から覚めたクラウスは、軽く伸びをしてダンジョンに潜る前の準備を整える。

そこに、

「(――くっそぉ……!!　人、おるわぃ……!)」

「ん?」

ボソリ、とすぐ近くで声が聞こえた気がしてクラウスは周囲を見渡す。

「あれ?　今……誰かいたような?」

でも、たしかギルドのお知らせ掲示板には、今日クラウスが回る予定の狩場には自分以外はいなかったはず。

「も、もしや魔物か……?」

シャキンと黒曜石の短剣を引き抜き、油断なく構える。

「…………??」

ダンジョン外とはいえ、街の外にはモンスターが出ることもある。

狩場以外の遭遇率は極めて低いとはいえ、いないわけではないのだ。

「う〜ん?　『気配探知』には反応なし――――でも、前にここに来たときは、中級のティエラがいたよな?　もしや、」

ドキ……!

「んん？？？」

（……ドキって聞こえたような？）

き、気のせいかな？

「――気のせいだよな……。こんな不人気狩場に来るような酔狂な奴って俺くらいなもんだろうし」

ま、人がいない方が好都合な奴にはうってつけの場所なんだけどね。

普段なら、今日回った場所はすべて狩場としては効率が悪いしドロップ品がイマイチで、どこも人気がない場所だ。

「……とはいえ、それはやり方次第なのさ」

ニヤリ――。

グググと体を伸ばし、関節をバキバキ鳴らすと、クラウスはつるはしとスコップを担ぐ。

「さーて……、一丁やりますかッ」

ババババ！　と、依頼書を取り出し、いつものように荷車に貼る。

『魔光石（特大）の採掘』（ノルマ3個）×5
『魔光石（極大）の採掘』（ノルマ1個）×3
『魔光石（大）の採掘』（ノルマ10個）×40
「全部ＧＥＴしてやるぜぇ！　ここは、ほぼ魔物の討伐がないからな。さっさと採掘して終わりだ！」

それではさっそく、

『自動資源採取』

※　※

《採取資源を指定してください》

●草木類
●鉱石類↑ピコン
●生物類
●液体類
●その他

※　※

《採取資源を指定してください》

●鉱石類
⇓魔光石（小）（中）（大）（特大）（極大）、
浮力石、魔鉄、霊光石、叫声石、猫啼《ねこなき》石、オリハルコン、アダマント、精霊石、ミスリル、
石炭、水晶、琥珀《こはく》、鉛、錫《すず》、ニッケル、鉄、鋼、銅、銀、金、白金、ｅｔｃ．

⇓砂岩、泥岩、礫岩《れきがん》、凝灰岩、玄武岩、花崗岩《かこうがん》、閃緑岩《せんりょくがん》、角閃岩《かくせんがん》、緑色岩、岩塩、ｅｔｃ.
⇓魔石、人骨、獣骨、魔物の骨（下級）（中級）、ドラゴンボーン、ｅｔｃ.

※　※

もちろん、魔光石が目当て。

霊光石はあるかもしれないけど、またスケルトンジェネラルのような初見の上級アンデッドがいた場合、ジ・エンドだ。

一応、ひととおり鉱山内を回って安全を確保。

例の墓所はギルドが厳重に封鎖したらしく、魔法封印が施されていた。

「これなら大丈夫かな？　おーし！　サクサク掘るぞー！」

今日、これだけクエストをこなせば……！

本日の終わりを想像してニヤニヤが止まらないクラウス。

「今日、最後の一仕事」

ブゥン……。

※　※

《採取資源：魔光石（大）×４００、魔光石（特大）×15、魔光石（極大）×３》
⇓採取にかかる時間「０１：５５：２４」

※　※

よし、楽勝‼

さすがに数が数なだけに2時間近くかかるが、それは仕方のない話。

だが、普通なら数週間かけて掘る量をたったのこれだけの時間で採掘できるのだ。

破格と言えるだろう────。

いざ‼！

『自動資源採取』

「…………………──発動ッ」

フッと、いつもの【自動機能《オートモード》】を使ったとき同様に意識が飛ぶ────…………。

そして、気付いたときには、両の手には溢れんばかりの魔光石！　さらに足元にも山と積まれている。

「よーし‼　ノルマ達成‼」

ここでの採掘は比較的安全なため、わざわざボスを倒す必要はないだろう。

それに、何だかんだで初心者が使うこともある『夕闇鉱山』を正常化してしまうと、魔光石の採掘量がガタ落ちする。

あれはダンジョン化している影響で大量に採掘できるという側面があるのだ。

だ・け・ど。

「うへへ。……これだけあれば――――！」

一人ニヤニヤと、鉱山内でガッツポーズを取るクラウスをティエラがジ～ッと、観察していた。

その表情は引き締まっていたが、ひたすら採掘を続けるだけのクラウスを見ているのはそれなりに退屈だったようだ。

「(なに？　なんなの？　ほんとに採掘に来ただけ？)」

てっきり、またスケルトンジェネラル戦のような、下級冒険者とは思えない戦闘でも見せてくれるのかと期待していたティエラであったが、そんな気配を露とも見せない様子に、慌てて物陰に身をひそめる。

「(あ。やば……！　このままだと鉢合わせしちゃう)」

ダンジョン内では出口が限られているため鉢合わせするとマズイ、ここはサッサと退散するに限る。

ティエラは痕跡を完全に消し去ると、音もなくスーと出口へと退いていった。

もちろん、クラウスは全く気付いていていない。

「さーて！　今日は納品して終わりだぞ！　あー疲れた」

『夕闇鉱山』での成果。
～採取品（鉱石類）～
魔光石（極大）×３
魔光石（特大）×15
魔光石（大）×４００

※　※　※

ドズン!!　──………ギシギシギシッ。
夕闇鉱山からドロップ品を運び出すと、荷車に乗せ一服。
あまりの重さに、荷車が悲鳴をあげている。
「悪いね。今日はこれで最後だから」
驢馬《ロバ》が絶望的な顔をしていたが……。まぁ、頑張ってくれ。
そういって自らも御者席に乗ると、驢馬《ロバ》に鞭を振るって前に進ませる。
今からだと夕飯にはギリギリと言ったところ……。
ま、間に合うはず！　「待っとれいぃ、リズ!!」
あとはいつも通り────。
──スキル『自動帰還』！

ブゥン……。

※　※

《帰還先：クラウスの家》
⇓帰還にかかる時間「02：34：18」

※　※

「うわ……！　ついに乗合馬車並みの速度に」

息も絶え絶えの驢馬《ロバ》を見れば、それも頷けるというもの。

やはり、荷物の量は考えた方がよいだろう。

ブルヒヒ────ン！

「悪い悪い。今日はこれで最後だから──あとは帰るだけだぞ？」

「ホントか?!」といった表情を浮かべる驢馬《ロバ》の首筋をポンポンと叩いてやり宥《なだ》めすかす。

「さぁ、帰ろう───」

スキル『自動帰還』発動ッッ！

───フッと意識がなくなれば、見慣れた家の前。

ゼィゼィと驢馬《ロバ》が荒い息をついていたがクラウスは至極余裕だ。

そして、家の前とくれば――――。

「あ、お兄ちゃん――!! 夕飯ギリギリだよ……って、あれ？」

「ゴメン、すぐ終わるから――行ってきます!!」

……包丁を手にしたリズがポケーとした顔でクラウスを見ていた。

「え～？ ど、どこ行くの?! ご飯はー……!?」

「あとでー！」

ポカーンとしたリズを放置したまま、死にそうな顔をした驢馬《ロバ》を牽《ひ》いてクラウスは行く。

せっかく温かい食事でお出迎えしたというのに、可愛《かわい》い義理の妹リズはクラウスに二度も肩透かしを食らうのであった。

「……で、デジャブ⁇」


カランカラ～ン♪

軽やかなカウベルがなるギルド入口。

そこに、クラウスは紙束を手にしてやってきた。

「たっだいま戻りました～」

随分ご機嫌な様子に、ガラの悪そうな冒険者連中はもちろん、ギルド職員も怪訝《けげん》そうな顔つきだ。

「ど、どうしたんですか？　そんなニヤニヤした気持ち悪い顔――――……もとい、ムカつくご機嫌そうな顔で」

「いや、言い直せてないですから!!」

何?!

なんなのテリーヌさんの最近の態度ぉぉ！

「あぁ、ごめんなさい。どこかの空気の読めない冒険者さんが、安い依頼を大量に消費してくれるから残業が大変で、大変で」

「はい、そこぉ！　本音は仕舞って仕舞って!!」

安くて悪かったね!!

大量消費で悪かったね!!

だって、こっちも仕事だもん！　冒険者だもんっ！

頑張った結果だもん!!

「はいはい。わかりましたよ。――で、なんですか？　ニヤニヤして」

「ニヤニヤって……、」

もうちょっとオブラートに包んでよ!!

って、我慢我慢……。

「ぐ、ぐむむ。き、今日の仕事終わりましたー！」

額に浮く青筋を悟られないように、引きつった笑いでニコリとすると、ノルマを達成した依頼書を提出するクラウス。

どれもこれも、低級のものばかりでも今日だけで１００件近い依頼を完遂したのだ。

……ニヤニヤくらい、したっていいだろうに。

「はぁー？　馬鹿なこと言わないでください。馬鹿みたいな塩漬け依頼もあるのに、１日やそこらで終わるわけないじゃないですか。馬鹿ですか？」

ば、馬鹿って……。

馬鹿って３回言った？

言ったよね⁉

「言いましたが何か？」キリ。

いや、何も言うまい――……男は黙って結果を見せればよいのだ。

「はい、これ」

「ってさー。クラウスさ～ん、依頼書の受注書だけ渡されても……って、」

ん。

クラウスは親指でクイクイと、ギルド前に停《と》めた荷馬車を示す。

そこには袋の中にあってさえ燦然《さんぜん》と輝く魔光石が見える。その数が尋常でないことは誰の目にも明らか。

そして、その他数々のズダ袋の山！

山も――山々‼

てんこ盛り‼

「ちょ……‼」

慌てて席を立ったテリーヌさんが受付を飛び出すとギルド前に停めた荷馬車に駆け寄る。

「な、なななななな、」

なんじゃこりゃ――――――――――‼

　なんじゃこりゃー！

　　なんじゃこりゃー‼

　　　なんじゃこりゃー‼

と、ギルド中に悲鳴のような声が木霊したとか。

ガチャリ。

「あ、このパターン……」

と、奥のギルドマスターの部屋のドアが開いて、顎で面貸せやとしゃくられる。

「……YES、さっさと入りなさいね」

COME　ON《カモォォオン》――。

「――ですよねー……」

「ですよねー……じゃねーっつ――――――の‼」

「あー今日も残業や――ん！」と嘆くテリーヌや他のギルド職員の声を聞きながら、クラウスはサラザール女史に呼ばれて部屋に連れ込まれてしまった。

はい、お説教タイムだそうです。

……なんでぇ⁇

※

ずずー……。

一人で茶を啜《すす》りながら、クラウスの持ち込んだいくつかのクエスト品のサンプルと、高価なマンドラゴラをテーブルに並べているサラザール女史。

ちなみに、クラウスの茶はない。

「……ふぅ。一度でもマンドラゴラを持ち込んだだけで驚きでしたけど。本日で2本目──しかも、」

急遽《きゅうきょ》作られたドロップ品の目録をパラパラと捲《めく》るサラザール女史。

「──塩漬け依頼も含めて、短期間でこれほどのクエストの達成。……それも、下級とはいえ、狩場を3つも回って？」

「え、えぇ……。それが何か？」

すっとぼけるクラウスを、ジトッとした目で見るサラザール女史。

「それ、本気で言っているの？」

「……モチロンデス」

「目を見て言いなさいよ」

さりげなく、目をそらすクラウスにサラザール女史はため息を一つ。

「はぁ……何をそんなに急いでいるのか知らないけど、こんな量のクエストを短時間で完了させるなんて――普通じゃ考えられないわね」

クラウスの達成したクエストの数は、ソロ冒険者が1日でこなす量としては破格のもの。

……というより前代未聞に近いらしい。

「う～ん……。まぁいいわ。別に悪いことをして達成したわけじゃないみたいだし、こうして、マンドラゴラも採取してきてくれた」

そういって、人型の植物を軽く撫《な》でるサラザール女史。

下級のクエスト品よりも、よほど重要らしい。

「でね…………アナタが言った通り、『嘆きの渓谷』に人を送ったわ。探知に長《た》けたベテランを数人、ね」

ん？

「だけど、あそこでマンドラゴラを発見することはできなかったの」

「あ、はぁ」

まぁ、そうだろうな。

自動資源採取を使っても1本しかなかったし……。

「そんなものをよくもまぁ……」

呆《あき》れたような笑っているような顔のサラザール女史。

だけど、少し吹っ切れたような顔で言う。

「――まぁいいわ。冒険者が手の内を隠すのはよくあることだし、それを無理やり教えろと言う権限はギルドにはありませんからね」

その代わり監視をつけている――とは、サラザール女史は明かしていない。

「え、えぇ、企業秘密です」

「そ。企業秘密ね」

肩をすくめるとそれ以上言わずに、マンドラゴラを手に取るサラザール女史。

「――前にも言ったけど、結構お高いのよ、これ」

「あ、はい」

（やったぜ！　買い取り金額で魔石ＧＥＴするぞー！）

一瞬、目を＄マークにしたクラウスであったが、次の瞬間肩透かしを食らうことになる。

「だけど、残念ね」

「へ？」

そっと、マンドラゴラをテーブルに戻すとサラザール女史は言う。

「お高かったのはつい先日までのこと。……マンドラゴラを始め、毒消し草や魔光石――これらの価格は著しく低下しているの」

「え⁉」

な、なんで⁈

「何でだと思いますか？」

「…………えっと――」

ガチャ。

その時扉が開いて、肩で息をしたテリーヌさんが入室する。

お茶でも持ってきたのかと思えば、ササーとサラザール女史に近づき耳打ち。

そして、ジロリとクラウスを見たかと思うと、

「……クラウスさん」

「は、はいぃ」

すさまじい迫力で睨まれて、思わず背筋が震える。

「需要と供給って言葉知ってますか？」

「あ、はい……。あの欲しい人と売りたい人の関係っすよね？」

「そーそー」

ニコニコとしたテリーヌであったが、次の瞬間顔を般若《はんにゃ》のように変化させて、
すぅぅぅ……。

「あんなバカみたいな量を持ち込んでくれれば値崩れするに決まってんじゃないですか――――‼」

キ――――ン。

「あびゃあ⁈」

耳鳴りがするほどの至近距離で怒鳴られ、プルプルと震えるしかないクラウス。

ギルドマスターの部屋の上等なソファーの上で小さくなってしまった。

「その辺にしておきなさい、テリーヌ」

「も、申し訳ありません」

それだけ言うと、一礼して去っていく。

「ごめんなさいね。悪気があったわけじゃないんだけど――」

困ったような表情のサラザール女史。

「本来は、達成頻度などを考慮して買い取り品の代金を決めているのだけど、これほど一度に大量の依頼品の達成があるとねー」

頬に手を当てため息一つ。

「あなたたち冒険者には、もちろんクエスト達成の正規料金をお納めします。……しかし、覚えておいてくださいね」

そこで初めてサラザール女史が殺気にも近いオーラを放出して言う。

「……何事も程々にしてくださいということを――！」

ニコォ。

「は、はいぃぃぃい！」

思わず平身低頭して謝るクラウスであった。

そして、この時は詳細を知るよしもなかったのだが、この後ギルドの受付で成功報酬を受ける段階になってテリーヌに一言嫌味を言われたのだ。

「…………供給過多で、素材の相場がガタ落ちですよ――……つまりギルドは大赤字です」

「す、すみません……」

クラウスがここ数日で持ち込んだドロップ品の量が尋常でなかったがために、比較的高価で取引されていた矢毒ヤドリや、毒消し草が大暴落してしまったらしい。

おまけに、本来なら中級以上が受けるクエストのドロップ品すらクラウスが納品してしまったため、消滅した依頼もいくつかあったらしい。

まぁ、具体的にはロックリザードやマンドラゴラ系の依頼なわけで……。

「次からは、受注できる依頼の数に制限が掛かるかもしれませんねー。……誰かさんのせいで」

「す、すんません」

重ね重ねすんません……。

そうして小さくなったクラウスに、追い打ちをかけるようにテリーヌさんが一言。

「はぁ……。というわけで、クラウスさんの実績は十分と認められました。中級試験の資格を認めます」

「へ？」

…………いま、サラっと重要なこと言わなかった？

「パードゥン《もっかい言って》？」

「ギルドは大赤字？」

いや、

「そんなどうでもいい――」

「んだとごらぁああ！」

さ、ささささ、さーせん!!

「はぁ…………中級認定試験、受けてもいいってことです」

ペラっと、一枚の紙を差し出される。

そこには一言。

『中級試験資格認定証（Cランク試験）』

「え…………。お、――おぉ！」

おおおおおおおおおおおおおお!!

「き、きた――――――――！」

これだ!!　これが欲しかったんだよ!!

「はー……凄い喜びようですねー。……まぁ普通に冒険者をしていれば、１～２年で認定されるものですからね。優秀な人なら半年もかかりませんし」

カウンターに顎杖《あごづえ》をつきながら興味なさげにいうテリーヌさん。

どことなく「優秀な人」を強調された気もするけど……。

……すんませんね！　優秀じゃなくてぇ!!

「で、どうします？　試験日は３日後ですし、準備が間に合わないなら後日やり直すこともできますけど――」

「やります!!」

やります、やります！

やらないでかッッ!!

「あ、はぁ……。やる気十分ですね？　そんなに昇級したかったんですか？」

そりゃそうだろう。

誰が好き好んで下級で甘んじているものか！

「ベテラン下級冒険者の陰口はソロソロ返上したいんですよ！　当然じゃないですか」

「そうですかー。まぁ、そう言うなら登録しておきますね。受験番号は――45番です。3日後、朝一でギルドに集合になります」

おぉ、とんとん拍子に話が進んでいくね!!

「では、当日よろしくお願いします――――あと、」

ジャリン♪

「本日の依頼料です――お納めください」

キラキラと輝く金貨と銀貨の山～……。

～　ギルド報酬　～
『毒消し草の採取』（ノルマ10本）×10枚⇓銀貨100枚

『石化草の採取』（ノルマ５本）×３枚⇩銀貨45枚
『マヒ消し草の採取』（ノルマ５本）×３枚⇩銀貨45枚
『燃える水の採取』（ノルマ甕《かめ》５杯）×３枚⇩銀貨75枚
『あぶく水の採取』（ノルマ甕《かめ》５杯）×３枚⇩銀貨45枚
『毒　蛙《ポイズンフロッガー》の討伐』（ノルマ５体）⇩銀貨５枚＋追加報酬、銀貨４枚
『沼《スワンプ》スライムの討伐』（ノルマ５体）⇩銀貨５枚＋追加報酬、銅貨50枚
『矢毒ヤドリの採取』（ノルマ５本）×３枚⇩金貨７枚＋追加報酬、銀貨50枚
『矢毒キノコの採取』（ノルマ20本）×10枚⇩銀貨４００枚
『嘆きの岩苔』（ノルマ３個）×１枚⇩金貨６枚
『頭虫火草』（ノルマ１個）×１枚⇩金貨８枚
『魔光石（特大）の採掘』（ノルマ３個）×５⇩銀貨30枚
『魔光石（極大）の採掘』（ノルマ１個）×３⇩銀貨60枚
『魔光石（大）の採掘』（ノルマ10個）×40⇩銅貨２０００枚

小計、金貨21枚、銀貨８６４枚、銅貨２０５０枚　なり
以上ッッ!!
ほかに、素材の換金代が〆《しめ》て金貨59枚、銀貨31枚、銅貨70枚なり。
（内訳はポイズンフロッガーの毒腺が銅貨１３０枚、

ザトウムシの素材が銀貨４枚、
大鬼ヤンマの素材が銀貨13枚、
沼《スワンプ》スライムの素材が銅貨３５０枚、
蠢く泥炭の素材が金貨１枚、
スワンプグールの素材が銀貨１５０枚、
走り茸《だけ》の素材が銅貨３００枚、
鳴きトカゲの素材が銀貨26枚、
渓谷《ケーブ》スライムの素材が銅貨90枚、
蠢く霞の素材が金貨５枚、
レッサーイビルバットの素材が銀貨80枚、
マンドラゴラが金貨40枚、
色付き魔石の合計が金貨10枚と銀貨50枚)
全部合わせると――……。
ひーふーみー……。
……。
「げ……！　金貨89枚、銀貨16枚、銅貨20枚……?!」
「は〜い。計算くっそ大変でしたー」
あ、はい。すんません……。

ゲッソリとした顔のテリーヌさん。

そして、手伝いに駆り出されたギルドの職員。

なんかすっごい刺さる視線を感じる。

彼らはみなぐったりとしていた……。

「では、また後日――……」

ちなみに、ギルド職員の場合、これで仕事は終わりではない。

クエスト品は依頼主に提出し、書類作業。さらには、素材なんかは問屋に卸して値段交渉。

品質の保持のための処理もまだまだ残っている……。

「あ、あははは……。なんかすんません」

真っ白に燃え尽きているギルド職員を尻目に、クラウスはスタコラと退散していった。

カランカラ～ン♪

クラウスの鳴らす軽やかなカウベルの後で、

「お、おね～さまー……」

ボロッ……。

ギルドの裏口から小汚い恰好《かっこう》のティエラが顔を出す。

「あ～ら、ティエラ。遅いお帰りで――」

テリーヌがジト目で睨むも、ティエラは反論する気にもなれないらしい。

「し、しょうがないじゃないですか‼　今日のアタシの移動距離わかります？　わかりますか、おねー様!!」

「たかだか下級の狩場を3個でしょ。腐っても中級なんだから、それくらいでピーピー言ってないで、ギルドマスターに報告してきなさい」

うぅ……。

「お、おねー様、アイツ何者なんですか？　もう、なんていうか……」

「それを調査するのが仕事でしょ？　さっさと報告報告！」

「あーい……」

涙目になり、ダークエルフの笹耳《ささみみ》も心なしかシュンと垂れさがる。

そして、トボトボと――……。

「あ、ティエラ」

「は、はい？」

ニコリ。

「次の中級試験、お手伝いよろしくね！」

「ひぃぃぃいいいい!!」

受験者よりも試験官の方が大変と言われる冒険者ギルド昇級試験。

その試験官（ほぼ奴隷）という栄誉ある任務につけと言われたティエラは、嬉《うれ》しさの余り歓喜の声をあげたとかあげなかったとか――。

「い――――や――――――――!!」

第5章（エピローグ）「リズとクラウス、それぞれの事情」

「よし、魔石も少し買えたし。あとは武器や装備を新調して――――」

そして、いよいよ……！

「うぉぉおお！　俺は昇級試験に挑むぞぉぉお！」

「うるさいッ！」

カコーン♪

「ぬぉぉ……脳天にぃぃぃ」

いい音がして、金属製のトンヽヽヽグの握りヽヽヽ部分がクラウスに直撃する。

こんなことをするのは世界広しと言えど……。

「り、リズ。持ち手側で殴るのは反則」

「夕飯までに帰ってこないお兄ちゃんが悪い！」

ビシッと、腰に手を当ててぷんぷんしている。

うん、バリ可愛《かわい》い。

「わ、悪かったよ……。き、今日のメニューは」

「ふんっ！　冷めたお芋のポタージュに、冷めた小麦の御粥《おかゆ》、冷めたサラダに、そして、デザートの冷めたアップルパイだよ！　……あと、冷めた私の視線ッ！」

おっふ。冷めたのを強調しなくてもいいのよ。

あと、サラダは普通冷めてます。そして、ＹＯＵの冷めた視線は癖になっちゃう――。

ギロッ。

おっふ……。

「ご、ごめんごめん。ちょっといいことあって舞い上がってたよ」

「いいこと？　……ふーん、お夕飯よりいいことなんだー」

う。

そうですとは言い難《にく》い……。

「あ、あとで話すよ。さ、暗くなると外は冷えるし、ご飯にしてくれよ」

「冷めたので良ければー」

プクゥと頬を膨らますリズが可愛らしく、怒られるとわかりつつも膨らんだほっぺを突いた。

ぷしゅー。

「ぶふー!!　プシューだって」

「お兄ちゃん!!」

カンカンに怒った義妹に、金属製の焼《や》き鏝《ごて》でこっぴどく殴られたのは言うまでもない。

※　※

「ぷぃー……ごっそさん。超うまかった！」

あーうまかった。

冷めた、冷めたと強調していたわりにしっかりと温めなおしてくれたリズ。

メニューもさっき聞いた物以外に、焼きたての薄パンがついていた。

薄パンは小麦粥《がゆ》に浸して食べると、ドロリとした粥がスープのように染み込んで実にうまい。

ハチミツで軽く煮込んである御粥は胃に優しくて、少し塩気のあるパンにマッチしていた。

それに、アップルパイはサクサクで、お芋のポタージュの味に負けず劣らず味わい深く滋味深い。

「はい、おそまつさま」

ちゃんと食事にお礼を言えば少し顔を赤らめたリズがまめまめしく世話を焼いてくれる。

直後のお茶に、大きく切られた梨。

うむ……最高。

「それにしても、随分道具が揃《そろ》ってきたな？」

今日ぶん殴られたトングも、昨日今日と使っていたであろう調理道具が木製から金属製に変わりつつあった。

「ん？　うん。お兄ちゃんが頑張って稼いでくれるから、いいものが買えてうれしいよ」

ニコニコと機嫌よさげな義妹に、クラウスもご機嫌になる。

何より、仕事が認められたようでうれしい。

「おう、リズが望むならミスリル製にしてもいいぞー」

「もー。そんな高いの買えるわけないじゃん。鉄製だって十分だよ」

そう言って、嬉《うれ》しそうに梨を剝《む》いていくリズ。

先日まではよく切れる石製の安いナイフだったはず。

「お、おう。まぁ、いつかもっと軽くて丈夫なミスリル製を買ってやるからよ」

「ん！　期待しないで待っとく！」

そこは期待してよ……。

「でも、そう遠くないかもよ」

「ん〜？　食事中に言ってた昇級試験？」

おうよ。

「そーそー。昇級して中級冒険者と認められれば、活動範囲が広がるし……――」

アイツ等《ら》だって……。

「広がるし？」

「あ、おう。もっともっと稼ぎやすくなるんだ」

「ふーん」

あまり乗り気でなさそうなリズ。

「私は、あんまり無茶してほしくないかなー」

「そう言うなって。おふくろの療養費もあるし……。活動範囲が広がれば親父《おやじ》の情報だって」

「やめて！」

ぴしゃりという義妹に、クラウスの言葉が遮られる。

「あの人《おじさん》のことで、お兄ちゃんが無茶するのはやめて！」

「う……ゴメン」

行方不明になったクラウスの父親はあまり家庭を顧みる人ではなかった。

すでに故人となったリズの父のことを想《おも》えば、彼女が義理の父親のことをよく思っていないのは明白だった。

「わ、私こそゴメン……。お世話になったのに、こんな言い方しちゃって」

「いや。当然の反応だと思う」

リズにだってリズの人生がある。

無責任な親同士の約束で引き取られなければ、別の人生だってあったかもしれないのだ。

血の繋《つな》がらない母親の世話に、血の繋がらない兄の世話……。

毎日毎日、遅くまで帰りを待っているのだって気が休まらないことだろう。

それに――――。

「ごめんね。私もう寝るね」

「あ、おう……」

しょんぼりとしてしまったリズがササっとお皿なんかを片付けると、トボトボと寝室に入ってしまった。

「しまったなー……」


――リズ……彼女ももう15歳。

スキルが開花するまでもう幾何《いくばく》の時間もない――。

「……リズに健やかに育ってもらうためにも、もっともっと頑張らないとな」

リズはクラウスが冒険者をやっていることに諸手《もろて》を挙げて賛成しているわけではない。

むしろ、危険な仕事を「自分のせい」でさせていると思っている節がある。

（だけど、それは違うぞ、リズ――――……）

リズのためというのももちろんある。

だけど、それだけじゃない。

ユニークスキルを手に入れた時、クラウスは冒険者こそが天職だと思ったのだ。

そして、当時は散々もて囃《はや》され、期待された……。

だが、現実は――……3年たってようやく昇級試験を受けることができるほど、落ちこぼれてしまった。

「違うんだ、リズ……」

（だからさ……。だから、見せてやりたいんだ――【自動機能《オートモード》】を笑った奴《やつ》。使えないと見限った奴らに……）

だって、男の子なんだぜ、俺はさ――――……。

ならば、

ならば――……。

誰よりも強く、強く強く、最強として成り上がりたいだろ？

そんな目的じゃ、ダメか？

なぁ、リズ――。

クラウスは、灯《あか》りの落ちたリズの部屋をジッと見つめていた。

※　クラウスは購入した魔石を使用した。　※

※　※　※

クラウス・ノルドールのレベル《レベル》が上昇《アップ》しました

クラウス・ノルドールのレベル《レベル》が上昇《アップ》しました

クラウス・ノルドールのレベル《レベル》が上昇《アップ》しました

※　※　※

レベル：44（ＵＰ！）
名　前：クラウス・ノルドール
スキル：【自動機能《オートモード》】Lv4
Lv1⇓自動帰還
Lv2⇓自動移動
Lv3⇓自動資源採取
Lv4⇓自動戦闘
Lv5⇓？？？？

●クラウスの能力値
体　力：317（ＵＰ！）
筋　力：199（ＵＰ！）
防御力：170（ＵＰ！）
魔　力：105（ＵＰ！）
敏《びん》　捷《しょう》：200（ＵＰ！）
抵抗力：71（ＵＰ！）
残ステータスポイント「＋58」（ＵＰ！）
スロット１：剣技Lv4
スロット２：気配探知Lv3

スロット3：下級魔法Lv1
スロット4：自動帰還
スロット5：自動移動
スロット6：自動資源採取
スロット7：自動戦闘
●称号「なし」

第0章「ベテラン下級冒険者」

下級フィールド『小鬼の砦《とりで》』にて、

鬱蒼《うっそう》と茂る下生えをかき分けていくと、奇声をあげるモンスターがクラウス目がけて、襲ってきた。

「げぎゃあああ！」

「ごっぁぁああ！」

不意を突いた奇襲は、腰丈程度の草木の死角を突いたものであったが、連中の体臭は強烈なので接近前からすでに迎撃態勢はできている。

「ゴブリン――4体ッ……いや、5体か！」

次々に襲い掛かるゴブリンを慣れた手さばきで屠《ほふ》っていくクラウス。

「ふんッ!!」

ズバッ、ザンッ！

「「あぎゃあああああああ！」」

せっかくの奇襲を掛け声で台無しにしているのだから、ゴブリンは間抜けそのもの。

奇襲だって、連中――自分の体臭がどれほどキツイか自覚すればいいものを……。

「ぎゃぎゃ?!　ぎゃー―――！」

「逃がすかッ」

ズンッ!!　と、大きく踏み込み肩で吹っ飛ばすようにしてゴブリンを数体纏《まと》めて倒すと、ショートソードに付いた血糊《ちのり》を振り払い大きく息をついた。

「ふぅぅぅ……」

鬱蒼とした低木の茂る湿地の先、小高い丘の上にそれはあった。

粗末な塀、低木を組んで作られた櫓《やぐら》。そして、廃材をかき集めて作られた小屋掛け。

この地に巣くうゴブリンが築き上げた城塞だ。

もっとも、城塞などと仰々しく名付けられたフィ、ィ、ィ、ールドではあるが、名前ほど立派なものではなく、ありゃせいぜい近所の子供が作った『僕らの秘密基地』レベルの代物だ。

その城塞を見上げつつ、今の戦闘音にさらなる増援が駆けつけることがないかを耳を澄ませて確認。

「…………よし、増援なし。警備隊は排除したな。じゃあ、あとは城塞を潰すだけ」

ピクリとも動かないゴブリンの絶命を確認すると、雑に解体し、ゴブリンの魔石等を無造作に雑嚢《ポーチ》に回収すると、あとは討伐証明だけを千切り取り、死体はそのまま放置する。

※　※

～ドロップ品（討伐証明）～
ゴブリンリーダーの耳×1
ゴブリンの耳×4

～ドロップ品（装備品）～
粗末な短槍《たんそう》×1
粗末な棍棒《こんぼう》×3
粗末なショートソード×1

～ドロップ品（魔石）～

魔石（小）×1

※　※

「お。魔石だ」

小ぶりの魔石を見つけるとすぐに砕いて、経験値にする。

フワリと魔力が溢《あふ》れた気配を感じると、すぐさまそれが体に馴染《なじ》んでいく。

「うん……。レベルアップはなしか、まぁこんなもんだよな」

所詮はゴブリンの魔石だ。期待するほどの経験値にはならない。

なら、いっそのこと色付き魔石以外はすぐに使ってしまった方がいい。

なにせ、あまりに荷物になっても攻略の邪魔になるだけだし、他にも死体から剝ぐ素材なんて論外だ。

このまま放っておいても湿地の獣が食い尽くしてくれるか、フィールドを正常化すれば自動的に消滅するので気に病む必要はない。

「さて、こんなもんか？」

……さすがはベテラン下級冒険者のクラウスである。戦闘、解体、回収をスムーズに終えると、すぐに次の行動に移る。よどみない動作は新人のそれではなかった。

「無理して、ソロで攻略するんだ。今日はドロップしてくれよー」

パーティ攻略推奨の『小鬼の砦』。クラウスは現在単身でそこに挑んでいた。

だが、ギルドがいう推奨はあくまでも推奨。クラウスはベテラン下級冒険者の名に恥じぬ？動きで、随分と手慣れた様子を見せながら『小鬼の砦』を攻略していた。

それもそのはずで、圧倒的不人気狩場『小鬼の砦』の攻略は一度や二度ではない。

……陰で『ベテラン下級冒険者』なんて言われるなりに、下級フィールドやダンジョンの大半をクラウスは経験済みであり、ここ『小鬼の砦』も例外ではなかった。

もちろん、不人気には不人気なりの理由がある。

この『小鬼の砦』はその名が示す通り、ゴブリンが作り上げた砦とその周辺のフィールドのことを指す。

そして、名は体を表すように、『小鬼の砦』はゴブリンしか出現しない。

稀《まれ》に湿地帯に棲息《せいそく》するスライムや狼《おおかみ》が出没することもあるが、もっぱら9割以上はゴブリンとその亜種で占められている。そして、ゴブリンはその出没比率や数のわりにあまりおいしい獲物ではないため、冒険者には敬遠されるきらいがある。

「……もっとも、そーいうところでしか俺は狩りをしないけどね」

中途半端な実力者であるクラウスは誰ともパーティを組んでいない。

新人だらけの下級冒険者と組むのは実力差がありすぎ、疎まれて——。

実力をつけた中級冒険者と組むのは戦力差がありすぎ、足手まとい——。

つまり現状でクラウスにはソロで冒険をするしか選択肢はなかったのだ。

だけど、

「……べ、別にボッチじゃねーからな!!」

「「ぎゃぎゃぎゃー!!」」

「あ、やべ！　気付かれたッ」

盛大な独り言をあげるクラウスに感づいた城塞内のゴブリンが、櫓《やぐら》に上りクラウスを弓矢で狙う。

ビュンッ!!　と、粗末な作りの矢がクラウス目がけて発射されるが、なんなく躱《かわ》し、続けざまの一発はショートソードでそらす。

「チッ！　何でバレたんだ?!」

自身が滅茶苦茶《めちゃくちゃ》デカい独り言を言ってるとも気付かず、独り言を言い続けて駆けだすクラウス。

……気付かれたなら、仕方がない。

「肉薄して一気に決めるッ！」

牽制《けんせい》として【下級魔法】の『火矢《ファイヤアロー》』を立て続けに城塞に叩《たた》き込《こ》む。

「たりゃぁぁぁああ!!」

ファイヤ、
ファイヤ、
ファイヤ！

手中に生まれた炎熱の火矢は、緩い放物線を描いて次々に着弾。

ゴブリンの作り上げた雑な城塞はメラメラと燃え盛る。

「「ぎゃぎゃ――――!!」」

たちどころに城塞内で騒ぎが起きる。

寝ている連中も真っ青だろう。

「どうだ！　本職じゃないけど、……カッコいいかもと思って取得した下級魔法の威力は！」

一人でガッツポーズ！

心の中では大魔法使い気分だ。

そして、本人の宣言通り、本職ではないためすぐに魔力が枯渇して火矢は品切れとなる。

「あたた、頭が痛《いった》い……。くっそぉ、魔力切れ早すぎんだろぉ……」

魔力が切れた時特有の軽い頭痛を感じて足元がふらつくも、すぐに気持ちを切り替えてショートソードを持ち直す。

この瞬間にゴブリンの追撃があれば危ういところであったが、連中も燃え盛る城塞に右往左往しているらしく攻撃が一時的に止《や》んでいた。

それを奇貨としてクラウスは再び突撃。今度は独り言もなく城塞の壁にとりつくと、連中が備えていた獣除《よ》けの障害を蹴り壊していく。

一応、全周に張り巡らされた堀と尖《とが》らせた木の枝で作った逆茂木《さかもぎ》できちんとした防御設備になっているが、人間様にかかればたいした障害にもならない。

「「げぎゃあああ！」」

「「ぎゃっぎゃっぎゃー！」」

壁の向こう、城塞内ではゴブリンたちが消火に走り回っているらしい。

まさかクラウスがここまで接近しているとは夢にも思わないのか櫓の上のゴブリンも姿を消している。たかだか、下級魔法ぐらいでこの騒ぎだ。

「よーし！　おっじゃましま～す！」

ダーンッ!!

雑な作りの城壁を蹴り倒すと、ショートソードを手に城塞に乗り込む。

中は強烈なゴブリンの体臭に満ちておりむせ返るようだ。

「くっせ！　風呂くらい入れよなぁ、もう！」

運悪く城壁の反対側にいたゴブリンを壁ごと刺し貫いて仕留めると、城内の建物の影を伝うようにサササと素早く動いていく。

いくらゴブリンが雑魚でも大群で攻められてはクラウスとてひとたまりもない。

だが、ギルドが推奨する、『正面から陽動して、徐々に数を減らす』という、延々と戦い続ける方法も、ソロであるクラウスには少々堪える作業だ。

だから攻略のコツはただ一つ。

「──混乱に乗じて、ボスを仕留めるッ！」

延焼し始めた城塞を尻目にクラウスは奥へ奥へと進んでいく。

途中で遭遇したゴブリンや、その一団は瞬く間に制圧し、最低限のアイテムだけを回収して進んでいく。

そして、

「…………いた！」

城塞の最奥。

広場のようになった一角で『小鬼の砦』のボス──ゴブリンシャーマンが配下のゴブリンを叱責し、消火に駆り立てているところだった。

「ギ・ガ……？　ニンゲン?!　げぎゃあああ！」

さすがはゴブリンの中でも比較的知能が高いらしいシャーマンだ。いち早くクラウスの存在に気付き、迎撃態勢をとる。

しかし、護衛はほとんど消火活動に出ているらしく、隙だらけだ。

魔法を使うこともできるくらい高度な知能を持っているらしいが、所詮はゴブリンということ
──。

「ゴブリンシャーマン！　勝負ッ」

……ベテラン冒険者、クラウス様の敵ではない！

だが、さすがはボス。

「げぎゃぎゃ、シュウ・合ッ。アツマ・レ！　テキ・ダ!!」

ただでやられるはずもなく、すぐに手下を招集しクラウスを迎撃する構えだ。

「ち……！　思ったより立ち直りが早いな……！」

予想ではもっと手下が少ないと思ったが、城塞内のゴブリンのうち10体程度がシャーマンの危機に気付いて駆け戻ってきた。

「コノ・ヒ……ぎゃぎゃ、ニンゲン・のシワザぎゃぎゃあ!!」

「ご名答──お前の命の火も見せてもらおうかッ！」

シャーマンのもとにゴブリンたちがはせ参じるが、その前にクラウスがシャーマンを仕留めようと一気に肉薄する。

この距離ならいける──……。

そう思った時!!

──ビュン！

「くっ⁈」

キィン‼

反射的に腕を振るってナイフの刃ではじき返したのはゴブリンアーチャーが放った弓矢！

「クソ！　火《ひ》の見櫓《みやぐら》があったのか！　────防火意識たけぇな、おい！」

ゴブリンのくせに防火対策が整っているとか反則だろう。

しかも、よくよく見れば建物間も間隙を取られており、延焼しにくい構造になっている。

おまけに…………防火用水だとぉぉぉお⁈

クラウスは目を疑う。右往左往するゴブリンがバケツリレーをしてやがるのだ……。

「オレ・ヒのシャーマン、げぎゃぎゃぎゃぎゃぎゃ‼」

まるで、火には詳しいんだと言わんばかり。

だからって、防火対策ばっちりのゴブリンの砦ってなんやねん⁈

「前に来たときは土魔法だったじゃんよー‼」

どうやら、このフィールドのボスはランダムで使用魔法が変わるらしい。

「ぎゃっぎゃっぎゃ！　ファイヤー‼」

耳障りな声で笑うゴブリンシャーマンは、髑髏《どくろ》の付いた杖《つえ》を振りかざす。

すると、中空に炎の塊が生まれユラユラと渦巻いた。

「嘘《うそ》だろ⁈　ゴブリンシャーマンが『火　球《ファイヤボール》』を⁈」

下級の火魔法だが、クラウスの『火矢《ファイヤアロー》』よりも高威力のそれだ。

驚愕《きょうがく》するクラウスを見てニヤァ！　と笑うシャーマン。

あぁ……畜生。

その眼《め》、その顔は知ってるぞ？

自分がより上位の存在だと信じて疑わない奴《やつ》の目だ――！

……クラウスは、数年前のことを――ユニークスキル保持者だと知った時の周囲の反応と、その後の顛末《てんまつ》を思い出す。

最初はチヤホヤして、使えないスキルを持った奴だと知れると、手のひらを返したように冷たい態度をとり見下してきた連中と同じ目………。

「ヒよ！　ニン・ゲン、モヤ――あぎゃああ⁈」

ダンッ‼

「舐《な》めるなッ！」

見下したければ、見下せばいい！

手のひらを返すなら、返せばいい！

――馬鹿にするなら………勝手に馬鹿にしてろッ‼

「俺は――」

シャキンッ！

一挙手でショートソードを引き抜くと横っ飛びに回避し、シャーマンの放った『火球《ファイヤボール》』を躱す。

いや、躲しざまに立て続けに撃ち込まれる『火球』を誘導していった。

「――……信じた道を突き進むだけだ!!」

見返してやるッ！

後悔させてやる!!

……馬鹿にしたことを撤回させてやるッ！

「ナッ?!　あぎゃぎゃ！　ア・タラナィ」

ボン、ボン、ボン！　と火柱を上げて着弾する『火球』はどれもがクラウスをはずして地面に、地面に、地面に、着弾。そして時々ゴブリンに命中！

「ぎゃあああああああ！」

「げぎゃあああ!!」

流れ弾を食らったゴブリンがのたうち回って焼死する。

おかげで、せっかくの増援に駆け付けたゴブリンが恐れをなしてシャーマンを護衛できずに、逆に『火球』の射線から逃れようと右往左往。

「ぎゃぎゃ！　ジャマ・だ！　ド・ケっ」

目の前をウロチョロするゴブリンの護衛が相当にうっとうしいらしく、ほとんど狙いをつけないまま――クラウスを捉えんと魔力を込めに込めた特大の一発ッ。

それを……「シネぇぇえ！」とばかりに放つゴブリンシャーマン！

――――よしッ！


「それを待っていたんだ！」

クラウス目がけて放たれる火魔法。

その動きは思ったよりも遅く、よほど隙をついて打たねば走れる冒険者を捉えるなど至難の業。

通常は魔法使いはパーティの後衛にいて、隙を見て魔法を放つのがセオリーだった。

だから、クラウスは滅多に魔法を使わないのだ。

なんと言っても、ソロ《ボッチ》。

なんと言っても――、

「――悪いな……。俺は本職じゃないいんだよ!!」

そう、なんといってもクラウスはショートソード使いであって魔法使いではないのだ!!

「アギャ?!　は、ハヤ・イ――」

サッと身をひるがえしたクラウスの背後には火の見櫓。

まさか華麗に躱されるなど夢にも思わず、最大火力で放った『火球』は、見事火の見櫓に命中し
大炎上！

上階にはゴブリンアーチャーが詰めており、クラウスを狙わんとしていたが、ボォォオオン!!

と、『火球』の直撃を受けて燃え上がる。

「ぎゃぁぁあああああ‼」

メラメラと燃え堕《お》ちていく火の見櫓を背景に、クラウスは今度こそ一気に駆け抜ける。

その眼前には呆然《ぼうぜん》と立ちつくすゴブリンシャーマンがいた。

「城塞に『火矢』を打ち込んだから、魔法使いだと思ったか？　……それも、自分よりも遥《はる》かに劣る『火矢』使いの下級魔術師だと――」

……だけど、残念。

「下級は下級でも――……」

すぅぅう……！

「俺は『ベテラン下級冒険者』だぁっぁあああああ‼」

――と、……誰かに陰で言われてますぅぅううう‼

そう叫ぶや否や一気に加速！

逆手に持ったショートソードを、驚愕に目を見開くゴブリンシャーマンの首に叩きつけ、一気に掻《か》き切るッ！

「ギャ・ブ――」

機動力に劣る魔法使い系のゴブリンシャーマン。

「獲《と》ったッ！」

……攻略法は魔法を打たれる前に一気に仕留める！　だ。

ゾンッッ!!

——まぁ、魔法を打たれても躱せばいいだけだけどね。

ブシュッ!!　と血煙が舞い上がり、クルクルとゴブリンシャーマンの頭部が舞い飛ぶ。

そして、クラウスは振りぬいた姿勢のまま「ふぅ……」と一息。

その背後で、ドサリ！　とゴブリンシャーマンが倒れる音を聞きながら、クラウスは空を仰ぎ、うっすらと浮いた汗を拭った。

「はー……。ちょっとビビったぜ」

まさか、防火意識完備のゴブリンが出現するとは夢にも思うまい。

……こういうのは、ちゃんとギルドに報告しとこ。

（笑われそうだけどね……ハハ）

「さ。帰ろうかな——……リズが待ってるし」

そして、クラウスが空を仰いでいる間に、すぅぅぅ……と、『小鬼の砦』を覆っていた炎が消えていき、霧散するようにして砦が自然に戻っていく。

あとにはなんてことのない、鬱蒼とした低木に飲み込まれた小さな丘があるだけ。

ボスを倒したことにより、このフィールドは一時的に正常化されたようだ。

キキキキキ……。

ピィピィピピピ……。


どこかで羽虫と小鳥がさえずり、もはやモンスターの気配はどこにもない。

これが『小鬼の砦』が正常化した後の丘だ。

残されたのは死体が消えた後のドロップ品だけ。

それも時間の経過とともにフィールドの残骸として消えていくだろう。

「…………さて、今回はあるかな？」

クラウスは小さくつぶやくと、ゴブリンシャーマンがいたであろう玉座を蹴り転がし、下に隠されていた小さな宝箱を発見。

（やった……‼）

小躍りしそうな気分で宝箱を引っ張り出すと、そっと開ける。

コイツはランダムで出現する隠し宝箱ってやつだ。

──あってくれよ…………。

軽く祈るように中を覗《のぞ》き込《こ》むと──。

「おっしゃぁぁぁあああッ！」

果たしてそこにはいくつかの宝物が。

……もっとも、宝物と言っても、所詮は下級フィールドで見つかる程度の宝。大金が入っているわけではない。

だけど——。

「苦労した甲斐《かい》があったぜ……！」

中にあったのは銀貨と銅貨が数枚。ボロボロになった金貨のクズと——小さな髪飾り。

太陽に翳《かざ》すとキラリと輝き、赤い魔石をあしらったそれには火の魔力が込められているらしかった。

火を使うゴブリンシャーマン由来だろうか？

これを保管していた連中が持っていたとは思えないほど、キレイな装飾だった。

「さて、目的達成ッ！　あとは討伐証明を——あ、」

そう思ったのもつかの間、クラウスはガクンと膝をつく。

「あれれ……？　い、いてて……」

なんだ、これ？

背中にヌルっとした感覚があり手をやると、

「い⁈!　……う、嘘だろ」

ドロリとした手ごたえに、めまいすら覚える。

今になってようやくゴブリンアーチャーの矢が命中していたことに気付いた。

すでに刺さっていた矢じりやショートソードの破片なんかはフィールドの正常化とともに消えてしまったらしい。

他にも、あちこちに生傷ができている。

どれも致命傷ではないがかすり傷で済ますこともできない傷だ。

「やべぇ。無理をしすぎたかな……。こんなひどい姿、リズには見せられないぞ」

タラリと冷や汗をかくクラウス。

なんだかんだで、３年も冒険者を続けているが、リズにはたびたび小言を言われているのだ。

ちゃんとした定職につけって……。

（やれやれ……。うまく誤魔化さないとな――）

クラウスは安物のポーションを一気飲みすると、ボロボロになった肌着を着替える。

パッと見は、怪我《けが》には気付かれないだろう。

よし……。

「リズちゃんや、今帰るぞ～ぃ」

無理をしてでも攻略した『小鬼の砦』のドロップ品をかき集めると手早く荷物をまとめて正常化されたフィールドを後に。

……もちろん、いつもの【自動機能《オートモード》】を使って、

ステータス画面を呼び出し、スキル『自動帰還』を発動するのだ。

――スキル『自動帰還』！

ブゥン……。

※　※

《帰還先：クラウスの家》
⇓帰還にかかる時間「001：28：39」

※　※

「──発動ッ」

たいした距離でもなかったが、今になって傷がジクジクと痛みを訴えてくる。
そのまま帰るのは少々辛《つら》いので、ここはユニークスキルの特権を使わせてもらおう。
滅多に使うことのないスキルだったが、この日のクラウスはためらうことなく自動スキルを使用した。

そして、
あっという間に帰宅すると──。

「遅いッ！」

「ひぇ⁉」

自動帰還が解けて、ガクンと体のコントロールが戻ると同時に、クラウスの眼前には頬《ほ》っぺたをプクー！　と膨らませたリズがいた。

腰に手を当て、オタマを片手に——ビシィ‼

「何時だと思ってるのッ！　夕飯までには帰ってきてッていっつも言ってるでしょ‼」

「ご、ごめーん……」

冒険帰りでヘロヘロのクラウスにも容赦のないリズ。

「ごめんで済んだら、衛兵隊はいらないんだよ！　もう‼」

プリプリ怒ったリズに小言を言われること小一時間。

玄関先でしょんぼりしたクラウスを見て、ようやくリズが怒気のこもった息を吐いて言う。

「……わかったら、体を洗って着替えてくること！　いい⁉」

「はーい……」

シュ～ン——と小さくなったクラウス。その様子を見てリズも少しばつが悪そうだ。

トボトボと風呂場兼、井戸に向かうクラウスを見て、そっと後ろから手を握る。

「ご、ごめん——疲れてるのに、言いすぎたよね……その、私——」

ん？

「い、いつもならこんなに怒らないわよ……その、」

ん？

「きょ、今日が何の日か……し、ししし、知ってる？」

急にキョドキョドと目を泳がせ始めたリズ。

「ん～……？　なんだっけ？　祭りか何かか？」

もちろんクラウスは知っている。

……だから、こんなに苦労して取ってきたのだ。

「むぅぅう……！　し、知らない！　お兄ちゃんなんて知らないんだからぁ‼」

思った通り、むくれるリズ。その表情すら可愛《かわい》らしく愛《いと》しい……。

「冗談だよ。冗談……！　誕生日おめでとう、リズ──」

ポンポンとリズの頭を軽く撫《な》でる。

「むぅ……。そう言って優しく笑えば騙《だま》されると思ってぇ……ぷぅ」

そう言いつつも、むくれながらも顔を赤くして俯《うつむ》くリズ。

そのまま、キュッとクラウスに抱き着くと、

「…………怪我、してるよね」

そっと、クラウスが負った背中の矢傷を撫でる。隠していたつもりでもリズにはお見通しだったようだ。

「うん……。ちょっと、だけ──ね。それより、俺汗臭いだろ？」

「……ううん。お兄ちゃんの匂いだもん」

スゥ……と、胸元でリズが鼻を鳴らす気配。……ちょっと照れくさい。

「無理だけはしないでね……。お兄ちゃんが無理していい理由なんて――」

「あるさ。ほら、似合うかと思ってさ」

そして、クラウスは改めて言う。

「おめでとう、リズ。15歳の誕生日祝い――お金がなくってこんなのしかあげられないけど、さ」

そう言って苦労して入手した『小鬼の砦』産のレアドロップである髪飾りをリズの前髪にそっと差し込んでやった。まさか、このために苦労したとは――もちろん内緒だ。

「わ………きれー」

上目遣いにそれを見つめ、ポッと頬を染めるリズ。

「……に、似合ってる？」

あぁ、似合ってる。

リズが使うならきっとどんなものでも似合うはず……。

「うん、ありがとう。嬉《うれ》しい――」

そっと、その場でクルリと回って見せるリズ。髪飾りが夕日を受けて淡く反射した。

「綺麗《きれい》じゃないか」

「う……ど、ド直球――」

ボッ、と顔を真っ赤に染めたリズ。

「……髪飾りがな！」

ニヒヒ。

「むぅ‼」

途端にプクゥとほっぺを膨らませるリズがポカポカとクラウスの胸をたたく。

「痛い痛い痛い！　やーめろって！　冗談だよー」

リズの手を掴《つか》んでそっと包み込む。

「むぅ……！　デリカシーがなーい！」

怒った顔のままグリグリとクラウスの胸に頭を擦《す》り付《つ》けるリズは、そっと大きな手を取り、人差し指に小さく口づけた。

「ホント、無理だけはしないでね？　お兄ちゃんが無事に帰ってきてくれることが一番のプレゼントなんだよ？」

髪飾りのことには勘付いてると言わんばかり。

そう言ってうるんだ瞳で見上げるリズを見て、苦笑したクラウスは再びリズの頭をなでる。

「そのわりには、夕飯に遅いってぶん殴ったけどなー」

「むー！　茶化さないでよー！　それとこれは別だもん‼」

ははは！　やっぱり、リズはリズだ。……この子と自分のために俺は戦えると──そうクラウスは思った。

「わかったよ……。無理はしないって！　さ、飯にしようぜ──今日のために奮発したんだろ？」

「うん！　お風呂入ってきたらご飯にしよ！　きっとビックリするよ！　えへへ」

「あぁ、わかってる。豪華な飯、期待してるぜ」

「もちろん、期待しててね。２週間分の食費使っちゃった。てへ」

「…………………は？」

――に、２週間分？

「え？　それって、明日からのご飯とかは――……」

「質素になりま～す♪」

ニコッ。

「…………いや。いやいや、『質素になりま～す、ニコッ』じゃないよね？　…………しかも、自分の誕生日だよね?!　――今日?!」

いやいや！　いやいやいやいや！　リズちゃん、や～ぃ？　……い、祝うなとは言わないけどさー！

人の誕生日に奮発するならわかるけどぉ?!

「ん～？　なんか文句でもあるの？」

ヌォォォン！　と、リズが腕組みして仁王立ち。その眼が言っている。

「たまにはエエやろがい！」と――。

「あ。はい……。たまにはいいっすよねー。あははー」

たまには、ね。とほほ……。

だって、リズさんには敵《かな》いませんもの……。だから、明日から質素倹約生活です――。

「はー……。『小鬼の砦』を正常化したばかりだけど、近いうちに、もっと稼ぐために『霧の森』も攻略しちゃおうかなー」

無理をするなと言われたばかりだけど。
人は食わねば生きていけぬ……。
だから、冒険者は危険を冒すのだ――生きるため。自らと家族を養うために。
そうして、クラウスは後日『霧の森』を攻略する。
その日を境に彼のユニークスキルが覚醒するとは夢にも思わず――……。

あとがき

拝啓、読者の皆様。ＬＡ軍《らぐん》です。

皆様、まずは本書をお手に取っていただきありがとうございます。初めまして、ＬＡ軍と申します。本作はお楽しみいただけたでしょうか？　少しでもお楽しみいただけていれば作者として無上の喜びです。

私にとっては、書籍６作品目となります。５作以上のシリーズをだせるようになったことは感無量の思いです。

それもひとえに応援してくださった皆々様のおかげであると思い、大感謝の気持ちでいっぱいです。今後ともよろしくお願いします。

さて、本作品について少し。

ネタとして思いついたのは、高速道路を運転中のこと。グーグル先生のナビを使っているのですが、あれ便利ですよね～！

そして、ふと思いついたのが、これで自動だったらなー……という、他愛もないことからネタが膨らみました。

目的地を設定し、勝手に行ってくれる。さらには、最近流行りのソシャゲなども放置したりでサクサク稼げるなどの要素を加味していくとドンドン形となっていき、【オートモード】の物語が始まりました。きっかけは些細な事でも、ネタを膨らませると物語になっていくのはとても面白いものです。

　作中ではクラウスが不遇スタートから始まる王道設定ではありますが、そこにステータスとギルドの報酬要素を詳細に記載することでゲーム的な面白さを加えたことも読者様に馴染みやすかったのではないでしょうか？

　そして、本作では――今後も、クラウスはドンドン成長していきます。さらに、成長する彼と、その功績にあわせて取り巻く周囲の環境もドンドン変化し、仲間も増えていくことになるでしょう。続編が出るならば、きっとその周囲の変化とクラウスの過去や未来が垣間見えることと思います。もちろん、ドンドン魅力的なキャラやライバルも登場する予定です。そして、ヒロイン？リズの可愛らしさも爆発します！

　では、本巻ではこのへんで。

　次のクラウスの活躍はいかほどのものか。

　ソロソロ独りぼっちも寂しくなってきたころ……。きっと、次回は新しい出会いを経て中級試験に臨むことになるでしょう！

　物語はまだまだ始まったばかりです。ぜひとも、今後とも応援のほどよろしくお願いします。

　最後に、本書を編集してくださった編集者さま、校正者の方、出版社さま、そして美麗なイラストで物語に素晴らしい華を与えてくださった潮一葉先生、本書を取り扱ってくださる書店の方々、そして本書を購入してくださった読者の皆様、誠にありがとうございます。御礼をもってご挨拶とさせてください。本当にありがとうございます！

敬具。

追記。

なんと、この作品。コミカライズも近日スタートです！
是非とも、クラウスの活躍を美麗なイラストとともに堪能してください。私も絶賛堪能中です！
それでは、次巻とコミックの中でクラウスの活躍をぜひともご覧いただきたく思います！
小説も、コミックともども絶対に損はさせないので、お手に取っていただければ幸いです。
次巻以降でまたお会いしましょう！

読者の皆様に最大限の感謝をこめて、吉日

Kラノベブックス

ダメスキル【自動機能《オートモード》】が覚醒《かくせい》しました

～あれ、ギルドのスカウトの皆《みな》さん、俺《おれ》を「いらない」って言《い》ってませんでした？

LA《ら》軍《ぐん》

2021年8月31日第1刷発行

発行者	森田浩章
発行所	株式会社 講談社 〒112-8001　東京都文京区音羽2-12-21
電　話	出版　(03)5395-3715 販売　(03)5395-3608 業務　(03)5395-3603
デザイン	百足屋ユウコ＋モンマ蚕（ムシカゴグラフィクス）
本文データ制作	講談社デジタル製作
印刷所	豊国印刷株式会社
製本所	株式会社フォーネット社

KODANSHA

ISBN978-4-06-524282-7　N.D.C.913　319p　19cm
定価はカバーに表示してあります

ファンレター、
作品のご感想を
お待ちしています。

あて先
〒112-8001　東京都文京区音羽2-12-21
（株）講談社　ラノベ文庫編集部 気付
「LA軍先生」係
「潮一葉先生」係

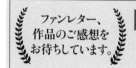

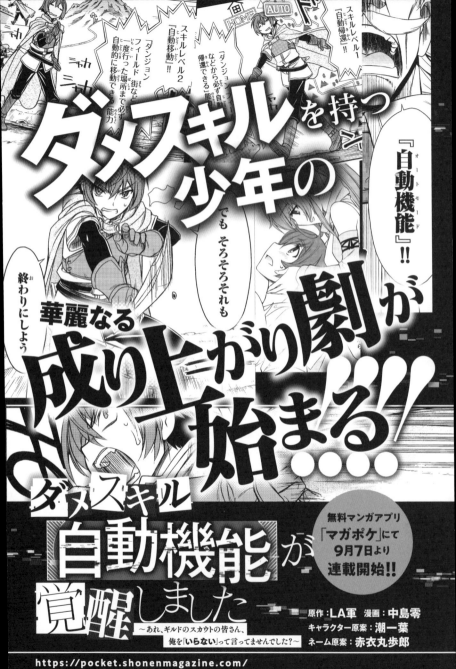